SKILL Fire Magic X / Explosive Flame / Flame Spear / Blaze Circle /
Knowledge of Magic X / Master of Magic X / Fast chanting /
MP Enhancement Large / MP Saving Large / MP Recovery Speed Enhancement Large /
ge / Magic Boost / Magical Power Increasing /
p Shearing / Poison Ineffective / Paralysis Ineffective
e Medium / Freeze Ineffective / Burn Ineffective
/ Eruption / Flare Accelerator / Prison of Flame /
ive Flame / Chaining Fire / Inferno /

Lv86 HP 635/635 MP 1740/1740
[STR 20] [VIT 70]
[AGI 85] [DEX 30] [INT 150]

怕痛的我，把防禦力點滿就對了

夕蜜柑

[插畫] 狐印

Welcome to
“NewWorld Online”.

Kadokawa Fantastic Novels

CONTENTS

All points are divided to VIT.
Because
a painful one isn't liked.

0850 1048 4070 7603

NewWorld Online STATUS

GUILD 大楓樹

NAME 梅普露 Maple

LV 60

HP 200/200 MP 22/22

PROFILE

最強最硬的塔盾玩家

雖然是遊戲新手，卻因為全點防禦力而成了幾乎能無傷抵擋所有攻擊的最硬塔盾玩家。個性純真，能從任何角落找出樂趣，經常因為思想太跳躍而嚇傻身邊的人。戰鬥時不僅能使各種攻擊形同無物，還會打出各式各樣強力無比的反擊。

STATUS

STR 000 VIT 15180 AGI 000

DEX 000 INT 000

EQUIPMENT

新月 skill 毒龍 闇夜倒影 skill 暴食

黑薔薇甲 skill 流滲的混沌

感情的橋梁 強韌戒指

生命戒指

SKILL

盾擊 步法 格擋 冥想 嘲諷 鼓舞 沉重身軀

低階HP強化 低階MP強化 深綠的護祐

塔盾熟練Ⅶ 衝鋒掩護Ⅵ 掩護 抵禦穿透 反擊 快速換裝

絕對防禦 殘虐無道 以小搏大 毒龍吞噬者 炸彈吞噬者 綿羊吞噬者

不屈衛士 念力 要塞 獻身慈愛 機械神 蠱毒咒法 凍結大地

百鬼夜行Ⅰ 天王寶座 冥界之緣 結晶化 大噴火 不壞之盾

TAME MONSTER

Name 糖漿 防禦力極高的龜型怪物

巨大化 精靈砲 大自然 etc.

oints are divided to VIT. Because a painful one isn't liked

elcome to "NewWorld Online"

6892 1179 0606 0847

NewWorld Online STATUS

GUILD 大楓樹

NAME 莎莉 Sally

LV 60

HP 32/32 MP 130/130

PROFILE

絕對迴避的暗殺者

梅普露的死黨兼夥伴，做事實事求是。很照顧朋友，不忘和梅普露一起享受遊戲。採取輕裝配雙匕首的戰鬥風格，憑藉驚人專注力與個人技術閃躲各種攻擊。

STATUS

STR 125 VIT 000 AGI 170
DEX 045 INT 060

EQUIPMENT

深海匕首 水底匕首
水面圍巾 skill 幻影
大海風衣 skill 大海
大海衣褲 死人腳 skill 步入黃泉
感情的橋梁

SKILL

疾風斬 破防 鼓舞
倒地追擊 猛力攻擊 替位攻擊 精準攻擊
快速連刺Ⅴ 體術Ⅷ 火魔法Ⅲ 水魔法Ⅲ 風魔法Ⅲ 土魔法Ⅲ 闇魔法Ⅲ 光魔法Ⅲ
高階肌力強化 高階連擊強化
中階MP強化 中階MP減免 中階MP恢復速度強化 低階抗毒 低階採集速度強化
匕首熟練Ⅹ 魔法熟練Ⅲ
異常狀態攻擊Ⅷ 斷絕氣息Ⅲ 偵測敵人Ⅱ 躡步Ⅰ 跳躍Ⅴ 快速換裝
烹飪Ⅰ 釣魚 游泳Ⅹ 潛水Ⅹ 剃毛
超加速 古代之海 追刃 博而不精 劍舞 金蟬脫殼 操絲手Ⅶ 冰柱 冰凍領域
冥界之緣 大噴火 操水術Ⅳ

TAME MONSTER

Name 朧 能以豐富技能擾亂敵人的狐型怪物

瞬影 影分身 束縛結界 etc.

...oints are divided to VIT. Because a painful one isn't li...

Welcome to "NewWorld Online...

NewWorld Online STATUS

GUILD 大楓樹

NAME 克羅姆 Kuromu

LV 80

HP 940/940 MP 52/52

PROFILE

不屈不撓的殭屍坦

NewWorld Online的知名高等老玩家，是個很照顧人的大哥哥。和梅普露一樣是塔盾玩家，身上的特殊裝備使他無論遭遇何種攻擊都能以50%機率留下1HP，並具有多種補血技能，能極為頑強地維持戰線。

STATUS

STR 135 VIT 180 AGI 040

DEX 030 INT 020

EQUIPMENT

斷頭刀 skill 生命吞噬者

怨靈之牆 skill 吸魂

染血骷髏 skill 靈魂吞噬者

染血白甲 skill 非死即生

頑強戒指 鐵壁戒指

感情的橋梁

SKILL

「突刺」「屬性劍」「盾擊」「步法」「格擋」「大防禦」「嘲諷」

「鐵壁姿態」

「護壁」「鋼鐵身軀」「沉重身軀」

「高階HP強化」「高階HP恢復速度強化」「中階MP強化」「深綠的護祐」

「塔盾熟練X」「防禦熟練X」「衝鋒掩護X」「掩護」「抵禦穿透」「反擊」

「防禦靈氣」「防禦陣形」「守護之力」「塔盾精髓Ⅶ」「防禦精髓Ⅵ」

「毒免疫」「麻痺免疫」「暈眩免疫」「睡眠免疫」「冰凍免疫」「高階燃燒抗性」

「挖掘Ⅳ」「採集Ⅶ」「剃毛」

「精靈聖光」「不屈衛士」「戰地自癒」「死靈淤泥」「結晶化」「活性化」

TAME MONSTER

Name 涅庫羅 穿在身上才能發揮價值的鎧甲型怪物

「幽鎧裝甲」「反射衝擊」 etc.

oints are divided to VIT. Because a painful one isn't like

elcome to "NewWorld Online"

NewWorld Online STATUS

GUILD 大楓樹

NAME 伊茲 Iz

Lv 66

HP 100/100 MP 100/100

PROFILE

超一流工匠

對製作道具有強烈執著，並引以為傲的生產特化型玩家。在遊戲世界能隨心所欲製造各種服裝、武器、鎧甲或道具，是這款遊戲對她而言最大的魅力。雖然平時會盡可能避免戰鬥，最近也經常以道具提供支援或直接攻擊。

STATUS

STR 045 VIT 020 AGI 080

DEX 210 INT 080

EQUIPMENT

鐵匠鎚・X

鍊金術士護目鏡 skill 搞怪鍊金術

鍊金術士風衣 skill 魔法工坊

鐵匠束褲・X

鍊金術士靴 skill 新境界

藥水包 腰包

感情的橋梁

SKILL

「打擊」

「製造熟練X」「工匠精髓X」

「高階強化成功率強化」「高階採集速度強化」「高階挖掘速度強化」

「高階增加產量」「高階生產速度強化」

「異常狀態攻擊III」「躡步V」「望遠」

「鍛造X」「裁縫X」「栽培X」「調配X」「加工X」「烹飪X」「挖掘X」「採集X」「游泳VI」「潛水VII」

「剃毛」

「鍛造神的護祐X」「洞察」「附加特性IV」「植物學」「礦物學」

TAME MONSTER

Name 菲 幫助製作道具的小精靈

「道具強化」「再利用」 etc.

l points are divided to VIT. Because a painful one isn't li

Welcome to "NewWorld Online

NewWorld Online STATUS

GUILD 大楓樹

NAME 霞 Kasumi

LV 76

HP 435/435 MP 70/70

PROFILE

孤絕的舞劍士

善用武士刀，是實力高強的單打型女性玩家。個性沉著，時常退一步觀察狀況，但梅普露＆莎莉這對破格拍檔還是會讓她錯愕得腦筋短路。擅長以變化自如的刀技應付各種戰局。

STATUS

STR 205 VIT 080 AGI 090

DEX 030 INT 030

EQUIPMENT

蝕身妖刀・紫 櫻色髮夾

櫻色和服 靛紫袴裙 武士脛甲

武士手甲 金腰帶扣

感情的橋梁 櫻花徽章

SKILL

「一閃」「破盔斬」「崩防」「掃退」「立判」「鼓舞」「攻擊姿態」

「刀術Ｘ」「一刀兩斷」「投擲」「威力靈氣」「破鎧斬」「高階HP強化」

「中階MP強化」「中階攻擊強化」「毒免疫」「麻痺免疫」「高階暈眩抗性」「高階睡眠抗性」

「中階冰凍抗性」「高階燃燒抗性」

「長劍熟練Ｘ」「武士刀熟練Ｘ」「長劍精髓Ⅴ」「武士刀精髓Ⅶ」

「挖掘Ⅳ」「採集Ⅵ」「潛水Ⅴ」「游泳Ⅵ」「跳躍Ⅶ」「剃毛」

「望遠」「不屈」「劍氣」「勇猛」「怪力」「超加速」「常在戰場」「心眼」

TAME MONSTER

Name 小白 擅長藉濃霧偷襲的白蛇

「超巨大化」「麻痺毒」 etc.

3030 8825 2743 3535

NewWorld Online STATUS

GUILD 大楓樹

NAME 奏 Kanade

LV 52

HP 335/335 MP 250/250

PROFILE

難以捉摸的天才魔法師

具有中性外表和卓越記憶力的天才玩家。雖然擁有這樣的頭腦讓他平時避免與人接觸，但遇到純真的梅普露之後很快就和她打成一片。能夠事先將魔法製成魔導書存放起來，有需要再拿出來用。

STATUS

STR 015 VIT 010 AGI 090

DEX 050 INT 110

EQUIPMENT

諸神的睿智 skill 神界書庫

方塊報童帽・Ⅷ

智慧外套・Ⅵ 智慧束褲・Ⅷ

智慧之靴・Ⅵ

黑桃耳環

魔導士手套 感情的橋梁

SKILL

「魔法熟練Ⅷ」「快速施法」

「中階MP強化」「中階MP減免」「高階MP恢復速度強化」「中階魔法威力強化」「深綠的護祐」

「火魔法Ⅶ」「水魔法Ⅴ」「風魔法Ⅶ」「土魔法Ⅴ」「闇魔法Ⅲ」「光魔法Ⅶ」

「魔導書庫」「死靈淤泥」

「魔法融合」

TAME MONSTER

Name 湊 能複製玩家能力的史萊姆

「擬態」「分裂」 etc.

NewWorld Online STATUS

GUILD 大楓樹

NAME 麻衣 Mai

LV 48

HP 35/35 MP 20/20

PROFILE

攣生侵略者

梅普露所發掘的全點攻擊力新手玩家，結衣的雙胞胎姊姊。總是努力想彌補缺點，好幫上大家的忙。擁有遊戲內最頂級的攻擊力，敵人膽敢接近她們，就會被她的雙持巨鎚砸個粉碎。

STATUS

STR 490 VIT 000 AGI 000

DEX 000 INT 000

EQUIPMENT

破壞黑鎚・X

黑色娃娃洋裝・X

黑色娃娃褲襪・X

黑色娃娃鞋・X

小蝴蝶結 絲質手套

感情的橋梁

SKILL

「雙重搥打」「雙重衝擊」「雙重打擊」

「高階攻擊強化」「巨鎚熟練X」

「投擲」「遠擊」

「侵略者」「破壞王」「以小搏大」「決戰態勢」

TAME MONSTER

Name 月見 有一身亮眼黑毛的熊型怪物

「力量平分」「星耀」 etc.

points are divided to VIT. Because a painful one isn't like

elcome to "NewWorld Online"

5272 0557 2241 2738

NewWorld Online STATUS

GUILD 大楓樹

NAME 結衣 Yui

LV 48

HP 35/35 MP 20/20

PROFILE

孿生破壞王

梅普露所發掘的全點攻擊力新手玩家，麻衣的雙胞胎妹妹。個性比麻衣更積極，更容易振作。擁有遊戲內最頂級的攻擊力，遠距離的敵人會被伊茲為她製作的鐵球砸個粉碎。

STATUS

STR 490 VIT 000 AGI 000

DEX 000 INT 000

EQUIPMENT

破壞白鎚・X

白色娃娃洋裝・X

白色娃娃褲襪・X

白色娃娃鞋・X

小蝴蝶結

絲質手套

感情的橋梁

SKILL

「雙重搥打」「雙重衝擊」「雙重打擊」

「高階攻擊強化」「巨鎚熟練X」

「投擲」「遠擊」

「侵略者」「破壞王」「以小搏大」「決戰態勢」

TAME MONSTER

Name 雪見 有一身亮眼白毛的熊型怪物

「力量平分」「星耀」 etc.

points are divided to VIT. Because a painful one isn't li

Welcome to "NewWorld Online

NewWorld Online STATUS GUILD 聖劍集結

OUTLINE

名副其實的No.1最強公會

頂尖玩家雲集的大型公會，在第四次活動的公會對抗賽中光榮奪冠。總是位在拓荒最前線，備受全服玩家關注。

Guild Member

NAME 培因

自第一次活動奪得第一以來，至今依然保持最強實力的頂級玩家。在第四次活動中，他的攻擊力甚至將梅普露逼到最後一滴血。

TAME MONSTER

Name 雷依　銀鱗龍

NAME 絕德

別名【神速】的速度型匕首玩家。第一次活動的第二名，能以等同莎莉的迅捷動作擾亂敵人。

TAME MONSTER

Name 疾影　潛影狼

NAME 芙蕾德麗卡

能多重施放各種魔法的魔法師。她也活用這樣的特長，在攻擊、防禦與輔助等層面都能提供優秀幫助。說話速度慢，但個性好強，說什麼都想戰勝莎莉。

TAME MONSTER

Name 音符　黃色小鳥

NAME 多拉古

裝備巨斧與粗獷鎧甲的力量型玩家。具有在第一次活動打進第五名的實力，其巨斧足以劈裂大地。

TAME MONSTER

Name 厄斯　岩石魔像

oints are divided to VIT. Because a painful one isn't like

elcome to "NewWorld Online"

NewWorld Online STATUS ‖ GUILD 炎帝之國

OUTLINE

誓言效忠蜜伊的高組織力公會

有女神般地位的【炎帝】蜜伊使團員們緊密團結，是這個公會最大的特色。為使蜜伊壓倒性的火力發揮至極，每個人都會盡全力維持戰線或提供回復，達成己任。

Guild Member

NAME 蜜伊

擁有技能【炎帝】的火焰特化型魔法師，能連砸威力超高且效果華麗的大型魔法，但MP消耗也十分劇烈。其實她喜歡可愛的東西，只是在硬著頭皮扮演一個強悍的領導者。

TAME MONSTER

Name 伊葛妮絲　浴火的不死鳥

NAME 馬克斯

能遠距離設置各種陷阱阻撓敵人接近的陷阱型魔法師。特性非常謹慎，還能憑直覺看出遊戲中的陷阱，頗受團員器重。

TAME MONSTER

Name 可利亞　隱身變色龍

NAME 米瑟莉

以支援蜜伊為主的補師，具有轉讓MP、復活、廣域回復等許多優秀技能。這個職務也讓她備受團員景仰，有【聖女】之稱。

TAME MONSTER

Name 鈴鈴　長毛白貓

NAME 辛恩

具有獨特技能【崩劍】，能將一把劍分裂為許多小劍，以防不勝防的攻擊次數壓倒敵人。和霞是競爭對手的關係。

TAME MONSTER

Name 韋恩　馭風鷹

「NewWorld Online」各階介紹

第一階

迎接NWO玩家的奇幻世界大門。清澈藍天與廣闊的大自然，挑動著玩家們的冒險欲。雖是幫助新手玩家熟悉遊戲用的簡單階層，但也設置了幾個高難度地城。梅普露和莎莉當然都是從這一階起步，建立起現今打法的基礎。

梅普露取得技能【絕對防禦】。

梅普露取得技能【毒龍】。

第一次活動

NWO的第一場活動是玩家殊死戰。梅普露沒有受到任何傷害就擊敗逾兩千名玩家，以新手之姿躍升第三名，華麗亮相。

第二階

NWO開始營運三個月後新上線的地區，只要擊敗第一階的魔王即可自由往返。具有森林、礦山、荒地等各種地形，等待玩家來探索。此地區也設置了豐富的NPC與任務，任務獎勵還有可能是破格的超強技能。

莎莉取得技能【超加速】。

第二次活動
還次是探索型活動，要尋找散布於活動區域各個角落的三百枚銀幣。梅普露和莎莉組隊參加，途中遭遇霞、奏、糖漿和朧等未來重要的夥伴。

公會系統也在第二次活動結束後上線，梅普露建立公會【大楓樹】，並與特色各不相同的公會成員們在這一階不斷提升戰力。

克羅姆取得獨特裝備。

梅普露取得技能【獻身慈愛】。

梅普露取得技能【流滲的混沌】。

奏取得技能【魔導書庫】。

第三次活動
要打倒限時出現於野外的怪物，同時蒐集掉落物。伊茲特製的羊毛裝也在活動中亮相。

Welcome to "N

第三階

這裡是灰雲密布的機械世界。世界觀與前兩階大相逕庭，野外的高低差也相當劇烈。因此遊戲也新增了飛行器，方便玩家移動。據說城鎮中央的建築物裡有個稱作機械神的人物，而梅普露也捲入了相關事件中——

梅普露取得技能【機械神】。

伊茲取得獨特裝備。

第四次活動

大小各異的公會一起參加這場寶珠爭奪戰。第一次活動的冠軍培因所率領的【聖劍集結】，與擁有壓倒性號召力的火焰魔法師蜜伊所率領的【炎帝之國】等大型公會互相爭霸時，僅有八人的【大楓樹】守住了他們的正面進攻，達成小公會擠上活動第三名的偉業。

第四階

在熾熱的第四次活動過後約一個月，天上總是高掛紅藍雙月的永夜新地區上線了。在這個木造建築櫛比鱗次的日式城鎮中，得先取得專用通行證，跨越重重鳥居關卡才能進入位於中央的高塔。對日式景物毫無抵抗力的霞來到這裡以後就像著了魔一樣，她以全服第一的速度抵達這座妖怪滿街的咒術之城中央。

梅普露取得技能【百鬼夜行】。

霞取得「蝕身妖刀・紫」。

第五次活動
探索型活動，需要打倒四種野外怪物收集對應點數。由於時間接近聖誕節，活動怪還會隨機掉落「禮物盒」。

第五階

放眼望去盡是由輕飄飄的雲朵所構成，堪稱天上樂園的階層。就連地城和怪物都是以雲為設計概念，有許多立體構造的地方，地面也不太安穩，行走起來需要特別小心。梅普露還遇到了隱藏魔王「光之王」，然而他依然不敵梅普露的絕對防禦以及結衣和麻衣的壓倒性攻擊力……

梅普露取得技能【天王寶座】。

莎莉取得技能【操絲手】。

第六次活動
這次是以禁止回血的叢林為舞台的探索型活動。梅普露和不打不相識的培因一起合作，展現她驚人的防禦力，同時莎莉也獲得更強大的技能，進一步提升機動力。

第六階

遍布在玩家面前的，是一大片古老墓碑與荒野。在這個陰暗又霧氣瀰漫的詭異階層中，每階都有的公會基地也變成破屋外觀，出沒的怪物都是幽靈等不死系，因此怕鬼的莎莉一來就決定趕快下線開溜。為了幫不克跟隨的莎莉打點東西，梅普露獨自展開探索。

第七次活動

要登上十層高塔的地城型活動。這次活動有區分難度，能獲得的銀幣數量將隨難度改變。梅普露和莎莉決定只憑兩個人挑戰無傷通過最高難度。

第七階

有著和風舒爽的草原、火山、雪山、浮島等各式各樣的地形，在這裡迎接玩家。這一階最大的特色，即是能將怪物收為魔寵。過去未曾取得魔寵的【大楓樹】成員，都一一在此與自身玩法契合，各具特色的怪物們結為夥伴。至於梅普露和莎莉這邊，也

因為伴隨她們旅行很長一段時間的糖漿和朧遭遇了進化事件，享受著成長的喜悅。

To be continued...

第八次活動

這場活動分為預賽與複賽兩階段。預賽中，玩家要在活動場地以「怪物擊殺數」與「存活時間」競爭積分，複賽場地的難度與獎勵也將隨此結果改變。【大楓樹】全體成員皆順利進軍最高難度的場地，其他強力公會也隨複賽開始而鬥志高漲。

Welcome to "N

序章　防禦特化與活動複賽

第八次活動預賽中，梅普露所率領的【大楓樹】全體達成目標，成功取得參加複賽最高難度的權利。

事實上，在預賽時，梅普露、霞和伊茲幾個擁有可怕的廣域攻擊，戰況顯眼到甚至會被誤認為魔王怪，戰法和腳踏實地一個個賺分數而打進前段名次的莎莉等人有巨大差異。而且預賽與複賽不同，是以個人的PvP能力為主，使得缺乏單獨生存能力的結衣和麻衣這組全點攻姊妹特別危險。但是在魔寵的幫助下，她們成功存活下來並取得足夠積分，總算能鬆一口氣。

然而現在也只是通過預賽，若不能在複賽中拿出成績等於是前功盡棄。到了複賽，想合作的玩家可以組隊傳送到複賽場地。

梅普露等人的複賽目標，是取得活過這三天活動期間就會給予的五枚銀幣獎勵，並攻略地城蒐集更多銀幣。在這個活動裡，玩家們可以散開來尋找地城，也可以始終聚在一起鞏固防禦以利生存。

不過剛開始時，還是全隊集合比較有安全感。何況【大楓樹】有能用【獻身慈愛】

的梅普露，生存率三級跳。再說這次和過去的探索活動不同，還有能加強戰力的魔寵在。

結衣和麻衣的魔寵是小熊雪見和月見，能夠巨大化供她們騎乘，攻擊是以光芒與星辰為意象。霞的則是白蛇小白，具有【超巨大化】技能，專門運用那巨大身軀與優異的能力值進行攻擊。伊茲的是外觀如光球般的小精靈菲，可以變化為各種類型，改變技能組合強化道具。克羅姆的是不死系活動鎧甲涅庫羅，能穿在自己身上，視需要改變型態增強攻防能力。奏的是透明史萊姆湊，會複製玩家的外表和技能。

【大楓樹】全體成員都在第七階地區找到了契合自身特性的魔寵，可說是做好了最萬全的準備。

魔寵們也在預賽中表現出強大的支援能力，在活動場地的戰鬥肯定是更加穩固。而技能增多，自然會擴大戰術的運用範疇，即使分散了也能維持一定戰力。

【大楓樹】的八人就這麼為即將開始的複賽懷抱期待與不安，將剩下的時間投注在提升新夥伴魔寵與自身等級，以及尋找技能上。

複賽的日子隨梅普露等人一天天替魔寵升級而到來。所有人一起擬定戰略，靜待系統將他們傳送到複賽場地。

他們要挑戰的是最高難度，若能生存到最後即可獲得五枚銀幣。

開始之際，【大楓樹】成員們在【公會基地】開最後一次會。

「公告說打野外的怪也能拿到銀幣，所以不能只顧生存，也要盡量多打怪。考慮到複賽的規則……我們必須要在八個人一起打到最後，和冒險分組打怪之間作決定吧。」

莎莉說得沒錯，分組蒐集銀幣將會提升所有人日後的戰力。而且複賽場地的銀幣是全隊有獎，假如梅普露拿到一枚，其他七人都會分得一枚。

八人分頭狩獵強力怪物，自然能獲得更多銀幣，但死亡而拿不到生存獎勵的機率也會升高。

「公告說強怪只會在固定時段出現，那麼平常分組，時間到了再集合這樣比較賺吧？」

「是啊，不過我覺得生存力也很重要。既然要賺，就要賺個夠本！」

「以我們的能力特性來說，我覺得對半分組最好。」

所有人都贊成奏的意見，隊伍分成梅普露、莎莉、麻衣、結衣一組，奏、伊茲、克羅姆、霞一組。

這樣分看似極端，但莎莉、麻衣和結衣都有遭到偷襲而一擊致死的可能，和梅普露一組能有效提升存活率，所以分組工作瞬間就結束了。

「姊姊，複賽也要加油喔！」

「嗯，妳也是喔。」

「時間快到了吧……才剛說就開始傳送了。」

「好～！各位同志，要活到最後喔～！」

梅普露在最後一刻高舉拳頭這麼說，其他七人紛紛應和時，【大楓樹】全員也受到光輝籠罩，傳送到複賽場地。

籠罩八人的光輝消逝，他們和預賽時一樣，被安置在野外。

【大楓樹】的起點是四面只有黃沙與岩石，像是沙漠或荒地的區域。

「幸好視野很開闊。附近好像沒有玩家……」

「是啊，不過已經有怪來接客嘍！」

周圍沙地劇烈波動，能夠一口吞下他們八人的巨大沙蟲接連現身。牠們感測到梅普露幾個出現就張開大嘴，一口氣群聚過來。

「好～！【獻身慈愛】！」

梅普露發動技能保護所有人，在滾滾煙塵中抵銷所有攻擊。這當中，大家各自叫出魔寵，一鼓作氣展開攻勢。

「沒時間開工坊了……菲，【道具強化】！」

伊茲將經過強化的攻擊力提升道具就地砸破，八人身上冒出紅光。

一確定攻擊力提升，結衣和麻衣就騎上巨大化的魔寵衝出去。

在全員出擊時，她們便是攻擊主力。

「「【力量平分】！【星耀】！」」

雪見和月見跟從結衣和麻衣的指示，身上迸發球形特效，對所有接近的沙蟲造成相當可觀的傷害。不過從牠們都還剩不少ＨＰ看來，最高難度果真是沒那麼簡單。

「別想跑！霞！莎莉！」

「好！【血刀】！小白，【超巨大化】【麻痺毒】！」

「朧！【束縛結界】！」

霞身旁的小白急速巨大化，迅速捆住退卻的沙蟲，使其麻痺而無法動彈。朧也同樣封阻了一隻沙蟲的動作。

「涅庫羅！【死亡火焰】！」

當沙蟲停止動作，穿上涅庫羅的克羅姆再噴射火焰加速扣血。這時，一隻沙蟲受不了結衣和麻衣以及雪見和月見的暴打而爆散，剩餘沙蟲見狀況不妙便鑽進沙裡開溜。

又是一陣沙塵滾滾。當沙塵落定，四周只剩寂靜。

「喔喔～！好棒喔！你們的魔寵也很強耶！」

「沒有全部打死就是了……因為有梅普露保護我們，打起來很輕鬆喔。」

「我和姊姊沒打的怪物也死掉了呢，每個魔寵都好強喔！」

結衣說完，和麻衣一起用尊敬的眼神望向其他人，而出手的莎莉、霞和克羅姆都一臉不解的表情。

「嗯？沒有啦，我沒什麼很強的感覺……」

「是啊，我也沒有。小白的攻擊力是很高沒錯……」

「呵呵呵……湊！過來過來。」

看到他們的樣子，奏滑稽地笑起來，並叫來了湊。從【超巨大化】的白蛇身後走出來的湊，有著一頭粉紅挑染的白髮，身上穿著有許多滾邊和蝴蝶結的洋裝，長相和結衣一模一樣。

「咦！那、那是我？」

「對呀，偷偷借用一下妳的攻擊力。真的好猛喔～」

湊是以技能複製了結衣的外表和能力之後開始行動。由於對象是結衣，攻擊力相當凶狠。

「喔～奏的魔寵也很強耶。能用的戰略一下變得好多好多……」

「不過呢，時間已經到了。」

奏這麼說的同時，化為結衣的湊發出光芒，變回透明的史萊姆。

「雖然不能一直維持變身，冷卻時間也很長，可是很好玩吧？這個魔寵可以變身成最近記住的隊員之類的喔。」

這樣奏那邊四個的攻擊力就沒問題了吧。梅普露等四人這麼想著查看四周。

「啊！莎莉，沙蟲有沒有掉銀幣？」

「嗯～我找一下喔。」

莎莉在被擊殺的沙蟲附近找了找，沒有找到類似的東西。

若是在一般遊戲區域，這沙蟲的血量已經可比魔王怪了，但是這點程度的怪物在活動裡只算是小嘍囉的樣子。

「一不小心就會馬上死翹翹的感覺呢。」

「這就是所謂的最高難度吧。好，我們先找個可以休息的地方吧，大家都騎到小白身上吧。」

其他人就此將魔寵收回戒指，騎到小白背上扭呀扭地離開沙漠。

沙漠直接跟森林與濕原接壤，由於附近沒有怪物，正好能在這裡分組。莎莉再次查看地圖，講解概略。

「我們每個人的位置都會標在地圖上，那就先在這裡分頭，等到強怪快出來的時候再回這裡集合吧。」

「好，就這麼辦。那我們往森林走，濕原就交給梅普露妳們嘍。」

「知道了！我一定會多找幾個銀幣回來的！」

「很好！我們也會想辦法多打一點可能會掉的怪。」

梅普露用力揮手，目送克羅姆等四人按照計畫分頭尋找銀幣而離去。

「好啦，既然【獻身慈愛】還開著，我們就直接開始找吧。」

「嗯，沒問題！麻衣、結衣，都沒問題嗎？」

「「沒問題！」」

「那就走吧～！」

有了魔寵當座騎後，結衣和麻衣的移動速度比騎糖漿還要快。麻衣和莎莉騎月見，結衣和梅普露騎雪見，就此往濕原前進發。

「話說複賽的場地也好大喔～嗯～從哪開始找好咧……」

「呵呵呵，我就知道會這樣……來，妳們看。」

莎莉同時向三人傳訊。

附了一張預賽地圖的截圖。

「公告說複賽會用一樣地圖，所以我事先標註可能有東西的地方了。應該能幫上一點忙。當然，我也有傳給另一組。」

「莎莉真棒！呃，我們現在在這裡，所以……」

三人對照截圖和目前位置，找出最近的標記。

「啊，梅普露！濕原也有喔！」

「真的耶！」

「對呀，所以我們就先去那裡看看吧？麻衣，我把詳細位置告訴妳。」

「好，知道了。月見！」

四人決定第一個目的地後立刻往該處移動。周圍幾乎沒有障礙物，都是一整片低矮植物。

「在濕原正中間耶。」

「對。不過呢，看樣子沒那麼容易過去就是了！」

池沼和地面接連爬出以水或泥構成的人偶，團團包圍前行的四人，並拖著雙腿逐漸接近。

「怎、怎麼辦！」

「看我的。糖漿！【陷落大地】！」

梅普露一下令，糖漿周圍地面的性質便隨之改變，從地面出現的人偶們失去立足點而噗噗噗地又陷入地面。

「主要目標是活下來喔……麻衣、結衣，趁現在快逃！」

「也對。他們不會魔法攻擊，又走得很慢……所以應該是被抓到就慘了的類型！我來鋪路！」

「「知道了！」」

兩人命令雪見和月見發動【星光步伐】提升移動速度，利用莎莉在空中製造的踏點越過人偶。

「照這樣繼續前進～！」

「梅普露的技能留到打強怪再用比較好，妳們兩個要加油喔！」

「「好！」」

一行人就這麼用糖漿的技能拖延敵人，藉著莎莉以【冰柱】等技能在空中製造給雪見和月見攀爬的踏點避免交戰，來到了莎莉標在地圖上的位置。

那是個特別大的水池，中央有座小島。島上開了粉紅色的小花，氣氛與其他地方不太一樣。

當然，大池裡也有大量水偶泥偶在蠢動，莎莉正躲在遠處用梅普露的雙筒望遠鏡觀察情況。

「怎樣呀，莎莉？跟上次有哪裡不一樣嗎？」

「預賽的怪物是沒多成這樣啦，地形都沒變喔。」

「真的……很像有藏東西耶。」

「現在怎麼辦？」

「這個嘛，死太快就一枚銀幣也拿不到了。」

在這個普通怪物也很強悍的地方，盲目衝進更強大魔王怪的住處等於是徒增無法活到最後，錯失五枚銀幣的危險。

「可是！我們也說好多打一點怪，拿更多銀幣回去了！」

聽梅普露宣示決心，三人也英雄所見略同地點了頭。

「騎雪見的話，我想到島上就會開打了。」

「不～用怕～！這種時候就看糖漿的啦！」

【大楓樹】裡還有其他能騎的魔寵，但會飛的就只有糖漿了。

「正常是不應該會飛啦……那我們從空中過去吧。從路上的怪物來看，應該是不用怕被他們打下來。」

確定要打以後，梅普露叫出糖漿並【巨大化】，讓所有人都騎上去。她們就這麼飛躍在地面爬行的怪物，飛到開花的小島上空。

「可以直接降落的樣子，下去嘍？」

梅普露讓糖漿在小島著陸的那一刻，小島開始發出光芒，四人察覺那是她們經歷過無數次的傳送特效。

「不用怕！有【獻身慈愛】！」

梅普露拍胸脯保證，無論另一邊發生什麼事都罩得住。

四人的身影很快就從濕原上消失不見。

「嘿咻！到嘍！」

「地底啊……就是在小島底下吧。地上和頂部都濕濕的，很泥濘的感覺。」

「就是啊……哇，好多岔路喔……」

四人來到的地方整個是地底迷宮的感覺，四面八方都是土色。

起點是寬敞的圓形房間，有六條向外延伸的隧道。每條隧道都很寬，不用擔心碰撞彼此，但到處都濕答答的，有些地方還積了水。

「好像會冒出先前那種泥人耶，現在就不能不打了！」

「是啊，到時候能一下解決就不成問題了吧。」

「「看我們的！」」

路有這麼多條，在這想破頭也不會知道走哪條比較好。

「可以讓我選嗎？」

「嗯，好哇。反正沒提示。」

四人姑且往梅普露挑選的隧道前進。

「唔唔，走起來也黏黏的耶。」

「就是啊……不會弄髒衣服真是太好了。」

「啊，馬上就來了！」

莎莉說得沒錯，水窪和泥地有人偶紛紛隆起。不過他們動作緩慢，結衣和麻衣也能輕鬆擊中。

「「【雙重打擊】！」」

大量湧現阻塞通道的人偶還來不及動作，就被她們兩人搥得唏哩嘩啦，泥水噴得到處都是。

「喔～！果然厲害！」

「……不對，還沒完！」

噴濺的泥水沒有化為光而消失，反倒有更多人偶從那裡長出來。

數量一口氣暴增好幾倍的人偶大舉逼來。眼看再讓他們增殖會很糟糕，不敢冒然出手時，結衣和麻衣已經遭到攻擊。

「梅普露！還好嗎？」

她們同時受到水偶和泥偶的攻擊，若是帶有特殊效果，因【獻身慈愛】而替她們承受攻擊的梅普露身上應該會有變化才對。

「呃……我看一下喔。嗯……」

莎莉看了看梅普露和依然啪啪啪地遭到攻擊的結衣和麻衣，即使確定沒有受傷也仍保持警戒。

「啊！不能動了！還有……等技能重用的時間也沒在跑了！」

「不能移動加鎖定冷卻時間啊……不夠力的隊伍在這裡滅團也不奇怪呢……傷害感覺不算小，數量又這麼多。」

「莎莉！這、這樣要怎麼打倒他們啊？」

「總之都試一遍吧……」

雖然梅普露無法移動了，但也僅止於此而已。她本來就經常會遇到不能移動的情況，現在只要有【獻身慈愛】就不會有事。

知道傷害不足以構成危險後，莎莉放鬆肩膀，趁梅普露無限爭取時間時尋找對付這些人偶的方法。

結果得知火屬性傷害可以在不造成分裂的情況下擊殺泥偶，水偶則是雷屬性傷害。若造成其他傷害就會當場分裂。

然而倚賴梅普露保護一隻隻地作實驗，也讓人偶分裂得數也數不完。隧道完全堵塞，甚至有些人偶堆到了洞頂，動都動不了。

結衣和麻衣一邊小心避免誤擊，一邊爬出雪崩般迎面淹來的人偶堆。

「ＯＫ～總之檢驗完了……開始處理這些生得亂七八糟的人偶吧……」

「「好……」」

「變、變得好誇張喔……」

梅普露因為無法移動而使得這個效果不斷刷新，沒法走別條路。除非全部打倒，不然是別想離開這裡了。

四人花了好長一段時間才終於清完所有人偶。

「呼～終於殺光了……麻衣、結衣，辛苦啦。」

「對不起喔，完全沒辦法幫忙殺……」

「沒關係啦！妳已經保護我們了嘛！」

「而且招式要留下來打魔王……！」

梅普露的技能雖然強大，但幾乎都有次數限制。在這種一天之內會有多起戰鬥的活動中，這個缺點就成了沉重的負擔。

因此，攻擊能力不會下降的結衣和麻衣就得扛起絕大部分的戰鬥。

「我們就這樣打進魔王房吧！都知道怎麼打了嘛！」

「就是啊。梅普露，打魔王的時候妳也要出力喔。」

「嗯，我會把保留下來的份用力討回來的！」

知道怎麼打小怪之後，四人再也不曾遭遇苦戰，一路順利前進。

一般而言，這些人偶本來是不會因為受到弱點屬性攻擊就一擊撂倒，設計來消耗玩家大量資源，不過對結衣和麻衣而言就只是打地鼠那樣。兩人各自替武器賦予屬性，麻衣專打泥偶，結衣專打水偶，徹底消滅莎莉力所未逮的部分。梅普露則只需維持【獻身慈愛】，讓她們完全不必顧慮受傷的問題。

所有攻擊與負面效果都不具作用的人偶，根本無法抵擋這四人。

梅普露一行就此痛快殺敵，一步步踏實前進，來到應是魔王所在的房間門前。

「花那麼多時間清小怪，總算打到魔王了呢。」

「「我們都準備好了！」」

「好～！那我開門嘍！」

梅普露推開門扉，四人提高警覺進入房間。房裡到處是水窪和泥窪，其他地面全布滿黃綠色的青苔。

不久，兩隻約四公尺高的巨大人偶在四人面前隆起。

一隻由泥漿構成，表面長了些青苔花草，另一隻純由水構成。一眼就能看出他們是路上那些煩人人偶的首領。

「那些草感覺怪怪的……總之跟路上一樣，先用屬性傷害打打看！一隻一隻來！」

「「好！」」

梅普露以外的三人決定先打倒泥偶，在武器附上火焰後衝上去。梅普露也沒閒著，吸引水偶的注意，好讓她們能專心攻擊。

「一口氣搞定吧，姊姊！」

「嗯！」

結衣和麻衣高舉烈火熊熊的巨鎚狠狠地往泥偶砸。

想當然耳，魔王怪不是以她們這種整個ＮＷＯ的頂級攻擊力來設計。如同結衣的宣言，泥偶血條狂降。

泥偶以緩慢動作向她們反擊，卻被梅普露的【獻身慈愛】連同特效一起擋下。雖然梅普露的技能冷卻時間不再轉動，實際上一點影響也沒有。

「我這邊也不能輸給她們！」

莎莉跟結衣和麻衣不同，一面藉【劍舞】提升攻擊力，一邊切砍泥偶的雙腳。

「「再一次！」」

結衣和麻衣的巨鎚在莎莉砍得泥偶失衡時砸下，將他的ＨＰ輕易歸零。

「「好耶！」」

「喔～！果然厲害！」

「……等等，不太對勁！」

就在莎莉這麼說的同時，泥偶從內側團團脹大，轟一聲爆開了。結衣和麻衣受到波及，但在梅普露的保護下沒有受傷。

「沒事沒事！……唔咦！」

梅普露驕傲地免除泥爆後，ＨＰ突然少了整整兩成，嚇得她緊張地看看腳邊。

「麻衣、結衣！看地上！」

「咦？啊！」

幾顆褐色種子混在泥漿裡，灑在泥濘中的兩人腳邊並立刻長出藤蔓纏上去。看來傷害是來自這些藤蔓的吸血攻擊。

梅普露的ＨＰ又扣掉兩成時，結衣和麻衣總算掙脫藤蔓。

「梅普露，叫糖漿出來！麻衣跟結衣來這邊！」

在莎莉的指引下，三人避開藤蔓並跳到浮上空中的糖漿背上。種子似乎只會對地面上的人起反應，總算是逃過一劫，梅普露的ＨＰ也補滿了。

「呼～嚇我一跳……唔唔，這樣就不能下去了……」

「哇……而且泥偶還因為剛才的吸血復活了。」

「不過，只要不落地就沒事的樣子呢！」

「我們有練習過……在這裡也打得中。」

見她們這麼有自信，梅普露和莎莉便決定看她們表演。

梅普露繼續替她們抵擋飛來的泥水，兩人從背包中取出一顆又一顆鐵球。

那比第四次活動用的鐵球更大，而且還附加了錐刺。她們在鐵球附加火焰，進入投球姿勢。

「「預備～丟！」」

隨可愛吆喝聲扔出的鐵球，以恐怖速度砸中泥偶的臉，再度削去剛恢復的ＨＰ，深深陷入他背後的泥地。

「好耶！打中了！」

「沒有白練呢！」

「這種事也只有妳們能練呢……不過控球真的很準。」

確定在空閒時間練習的鐵球傳接派上用場後，兩人鎖定下一個目標。這次她們舉起啪嘰啪嘰放電的鐵球全力投出，射穿水偶的巨大身軀。

「喔～！啊，對了！既然能這樣，用巨鎚打出去威力會更大吧？」

「啊……這樣就不行了。」

「因為鐵球會碎掉！我們還想拜託伊茲姊做出更硬的呢！」

鐵球只是單純的道具，受到一定傷害就會損壞。試敲當時，鐵球發出非常誇張的聲響，像雪球一樣炸成了灰。

既然不能用工具擊出，她們就開始嘗試對鐵球本身加料，最後變成現在這模樣。

「變得這麼大，我們也沒辦法幫忙搬……只好在旁邊看了。」

「『這裡交給我們就好！』」

每當鐵球砰一聲砸進地面，水偶身上就多一個洞。

即使地上灑滿種子也無所謂，最後一顆鐵球炸掉頭部之後，泥偶水偶雙雙倒地，地上的種子也一起化為光消失了。接著是一聲通知音效，【大楓樹】全員都分到一枚銀幣。

「呼～總算打贏了！而且有一枚銀幣耶！」

「嗯，太好啦。不過還是要小心，這次是因為糖漿會飛，不然就慘了。」

「就是啊，王還復活了呢……正常來打的話恐怕會更難搞。」

「看來要小心觀察周圍的小怪，以免掉進不適合我們打的地城。啊，會強制傳出地城耶……」

「不能躲在裡面混到最後的意思呢。」

「無所謂，反正我們要盡量多蒐集點銀幣。趕快找下一個吧。」

「好～下次也要加油～！」

梅普露等人全身發出光芒，像平時那樣傳出地城。

「喔，梅普露她們好像打到銀幣了耶。」

「大概是濕原那邊有地城吧。拿莎莉的地圖當參考果然沒錯。」

前往森林的另一組人，基本上是坐在【超巨大化】的小白頭上移動。

遇到怪物，則大多是等伊茲以道具或奏以法術大肆削弱一遍，再讓小白勒斃。克羅姆和霞不太擅長遠程攻擊，負責擊倒穿過攻勢而逼近的怪物。

「要撐三天呢，幸好有做好準備。」

伊茲的優勢全都是來自她五花八門的道具。雖然泛用性、威力都是極高水準，但只要任何一種耗盡，能做的事就會少一樣。工匠型玩家就是如此。

可是伊茲和普通工匠不同，技能讓她能用錢幣當材料製造道具，而且在任何地方都能設置工坊，只要還有錢就能補充道具。她為這次活動準備了可以買下好幾座【公會基地】的資金，可說是沒有死角。

「啊，莎莉標記的地方快到了吧？」

「好，打起精神殺過去！」

小白爬呀爬地，來到一棵有魔法陣般圖紋的大樹前。

「多半就是那個吧，周圍沒什麼更特別的東西……」

「要摸看看嗎？那好像是魔法陣。」

得到全體同意後，霞請小白將頭挪近，碰觸魔法陣。果然沒錯，圖紋發出光芒，將所有人傳送到這個事件的戰鬥場地。

另一邊也同樣到處都是樹的森林。

唯一的不同是樹林另一邊有巨木與藤蔓構成的牆，繞成一整圈圍住了他們，地形有如自然的牢籠，場地不算狹窄。四人立刻進入備戰狀態，但周圍沒有任何動靜。

「應該不至於……什麼都沒有吧？」

「是啊。」

戒備當中，忽然有道削風聲響起，克羅姆率先反應。

「【掩護】！」

飛行物鏗一聲彈上空中，克羅姆迅速往它瞄一眼。

他彈開的是三枝綁著炸彈，引線還閃著火花的苦無。

「嘖！奏，靠你了！」

「湊，【增加對象】【精靈聖光】！」

化為奏的湊取出魔導書發動防禦技能，緊接著是轟隆巨響與猛烈的爆風爆焰。它們全部消散後，所有人都還平安站在原處，只是少了些ＨＰ。

「湊用的免傷技能被降級成減傷了，不過這樣也很夠了吧？」

「是啊，得救了。」

「我來補血。」

「話說那是從哪來的呢……」

「對方射過來的是苦無，感覺像是忍者那類？威力那麼大就不能分頭找人了……」

對方的攻擊方式不太可能只有苦無一種。要是ＨＰ少的奏和伊茲遭到偷襲，有當場死亡的危險。

「先找一下看看？有湊在的話，應該能用有使用次數的強招撐一陣子。」

「就這麼辦吧。首先得找到人才行……」

四人先從搜尋敵蹤開始，然而不管在森林裡怎麼繞都沒發現類似的蹤跡，就只有暗器到處射來。

「嗯～幸好有奏收藏的那堆魔法書，還過得去……可是找不到人耶。」

「到底該怎麼辦呢？能接近的話，應該沒那麼難搞才對。」

眾人苦惱時，伊茲為該不該說出自己的主意而猶豫了一會兒，最後開口說：

「那個……我是有一個比較粗魯的方法啦。」

「咦～什麼方法？」

「這個場地好像就這麼大……只要給我一點時間，我可以把這裡整個炸一遍。」

「原來如此……妳說什麼？這個，嗯，其實可以。有機會。」

也就是用地毯式轟炸把對方揪出來。克羅姆不太敢相信伊茲真的會有說出這種話的一天，顯得有點頭暈。但繼續盲目找下去也沒意思，只好同意這個計畫。

「就是妳在預賽用的那個吧？」

「對呀。不過後來我又做了新道具，現在連空中也炸得到。」

伊茲說完拿出道具。那是一個裝上螺旋槳的箱子，底下繫了繩索，伊茲將幾個炸彈綁上繩索並讓它升空。箱子筆直升空到一定高度就停住了。

「這樣其實很花錢……不過現在不是計較這個的時候。」

「妳又做出好恐怖的東西……要怎麼引爆？」

「有專用的引爆器。樹上就交給這種，地上和樹幹直接裝就好了。」

「被炸了就炸回去是吧……那我們呢？」

「我會在中央留一個安全點。炸彈是整個範圍都一樣傷害，不要傻傻跑出去喔。」

只要離開安全點，就會遭到連續傷害與大量負面效果的澆灌，就連防禦力和生存力都很高的克羅姆也不敢保證自己活得下來。

伊茲就這麼在湊的魔法和小白的巨大身軀保護下，在森林裡一圈又一圈地繞，鋪滿炸彈。

「好，裝完了。會很吵又很刺眼，要小心喔。」

她和預賽一樣，將電流導入布於空中的水絲，森林裡頓時巨響連天。

轟聲都快不足以形容這場爆炸，對方繫在苦無上的炸彈相形之下也弱得可憐，一次就把安全點以外的森林空間夷為平地。

「應該還沒打死喔！」

「嗯，照計畫進行。【暗殺者之眼】！」

奏從【神界書庫】取出只有今天能用的技能，提升自己對具有異常狀態的怪物與玩家的傷害，並鎖定目標。

「找到了！」

「霞，我們上！」

「好！」

克羅姆穿上涅庫羅，提升砍刀的範圍與威力。霞在兩旁叫出武者之臂，一口氣接近目標。那是個中了毒又遭到麻痺，被冰凍還燃燒著的悽慘忍者。

「【最終式・朧月】！」

「【死靈淤泥】！涅庫羅，【死亡火焰】！」

只要看得見目標，再來是輕而易舉。無法動彈的忍者完全承受兩人的攻擊，ＨＰ歸零而消失不見。

「呼……好，還真的行耶。」

「搞定了嗎？」

「是啊。那個……雖然沒有直接炸死，但也差不多了。」

「太好了，減傷技能都差不多要用完了呢。」

四人集合，為安全起見繼續戒備一會兒後，他們也像梅普露那樣聽見通知音效，獲得一枚銀幣。

「好，第一天就兩枚銀幣，感覺很不錯喔！」

「我們走過幾個樹林，又花了一點時間裝炸彈，其實時間過得還滿快的。」

「再找一兩個地方就去集合吧。從時間來看，好像晚上會出強怪。」

「就是啊。我們是因為有小白才走得很輕鬆，實際上移動了很長一段距離呢。」

克羅姆等四人一邊與梅普露那邊聯繫，保持適當距離，一邊尋找可以過夜的地方，並前往下個地點尋找地城。

第二章　防禦特化與建立據點

梅普露幾個攻破濕原地城後又逛了幾個莎莉標記的點，可惜一無所獲。

「呼咿～還滿難找的耶～」

「就是啊。強怪出沒的時間快到了，不小心踩到新地城就不好了，先跟伊茲姊他們會合吧。」

他們還不曉得公告中所謂「強力怪物」究竟有多強，不能太勉強。攻略地城固然重要，但五枚銀幣的存活獎勵也很重要。

「先跟克羅姆大哥聯絡一下吧。」

莎莉傳訊時，四人正騎著月見和雪見前往開闊處。

複賽沒有ＰｖＰ成分，較難遭受怪物偷襲的開闊處可說是良好的休息區。

「喔？他們也暫停找地城，開始找可以當據點的地方了。好像有不錯的山洞喔。」

「喔～！那我們過去吧！」

「這樣晚上也能安心了！」

「麻衣、結衣，我傳位置過去，可以載我們嗎？」

「「那當然！」」

兩人加快雪見和月見的速度，跨越原野和森林，前往克羅姆他們的位置。路上多少遭遇了些怪物，但他們當然不是這四人的對手，八人順利會合。

「啊！在那裡！喂～！」

梅普露大喊著用力揮手，克羅姆幾個聽見也上前迎接。

「喔，到啦？妳們也很順利的樣子嘛。」

目前【大楓樹】全員各獲得兩枚銀幣，只要再得到三枚並活到最後，就能達成十枚的目標，換取稀有技能或道具。

「對了對了，我們找到一個可以當據點的山洞。這邊。」

眾人以克羅姆為首進入山洞。山洞相當深，不像地城那樣有照明，裡面如同蟻窩一般有幾個尚稱寬敞的空間，最裡面有個最大的洞窟。

「看起來滿像地城的耶……都沒出怪嗎……」

「對呀。這種像地城的地方還有幾個，多半是用來唬人順便給玩家休息的吧。」

「那要在天黑之前把這裡整理好嘍！要弄得舒服一點！」

想過個悠閒的夜晚，總不能直接躺在凹凹凸凸的山洞裡。為了有效養精蓄銳，必須改造改造。

「家具類的道具拿出道具欄也不會消失，不過我是沒有帶啦，當場做喔。」

「嗯~真可靠。那我去跟伊茲拿道具，裝幾個陷阱來協防好了。」

「「我們也來幫忙！」」

「時間不多了，我和梅普露也來分一點工作。先把防禦機關做好吧。」

「嗯！加油！」

由於梅普露的技能特性，【大楓樹】比起進攻更擅長防守。只要固定一處出入口再充分運用道具，普通的山洞也能成為防禦力強大的要塞。

梅普露也拿了伊茲的道具，開始改裝山洞。

「嗯~該怎麼做呢……這裡這麼寬，要防止怪物進來的話……」

梅普露像過去那樣，要用【毒液囊】填塞整個窟室。無論如何都從這一步開始般，花時間讓窟室完全沒入毒液之中。

「好。嗯……只是這樣不太夠吧，可以直接在通道上打掉……」

她的毒不只是毒，還有一定機率使接觸者直接死亡，運氣好就能造成一擊死的效果。

「……對了！呃，伊茲姊給我的道具裡……找到了！」

梅普露在毒囊中撥動毒液前進，並一一設置道具。這是受到攻擊就會噴水衝開對方的陷阱，不過梅普露想沖的不是怪物，而是自己的毒。她以毒液不會回流的方式大量設置這樣的陷阱，填滿一條通道。

「嗯……沒有合用的道具了耶……啊，對了。【天王寶座】！」

接著她直接在狹窄的入口擺上寶座，並將多餘木材塞進縫隙，強行封鎖一側通道。

「好～搞定一間！再來！」

梅普露跑向其他房間加強防禦。跑了幾間後，發現結衣和麻衣的身影。

「怎麼樣，還順利嗎？」

「啊！梅普露！」

「不、不可以進來……！」

「咦？哇，啊嗚！」

梅普露一走進房間就不小心踩中東西，剎那間有個兩隻手都很難抱住的大石塊從高高的洞頂上掉下來，直接碰一聲砸在她頭上，彈起來向前滾落。然後壓到下一個開關，又有岩石接連掉落。

等狀況過去，結衣和麻衣急忙搬開石頭，毫髮無傷的梅普露從底下現身。

「嚇、嚇我一跳……對不起！把妳們剛放好的陷阱啟動了！」

「沒關係啦，妳沒事就好。」

「我來幫妳們重新放。這裡不能叫糖漿……到盾牌上來吧！」

梅普露切換裝備，發動技能裝上三塊塔盾。結衣和麻衣抱起石頭各坐一塊，繼續擺陷阱。

「唔唔，去看其他房間的時候也要小心一點。」

「只要小心走就過得去，想出去的話應該沒問題才對。」

「啊，對喔……真糟糕，那個房間過不去了。」

梅普露不太懂怎麼設置陷阱，回想著自己改裝的房間，思考該如何處理。

那雖能不由分說地打倒入侵者，相對地也沒有任何公會成員能夠接近了。

「等等跟莎莉討論一下，打掉重做好了……」

「妳、妳做了什麼房間啊？」

「嘿嘿嘿，跟妳說喔～」

梅普露回答結衣，並完成陷阱的重置，離開她們的陷阱房。

結衣和麻衣的房間也是滿滿的殺傷力，都要替誤闖的怪物掬一把同情淚了。

梅普露跟結衣和麻衣來到剩餘房間設置落石陷阱與毒沼，帶著充滿成就感的表情回到最深處。

只見最深處有一半變成了擺放照明與桌椅，還以隔間製造個人空間的舒適場所。伊茲大概是布置上癮了，甚至鋪起地毯和壁紙。尚未改裝的另一半區域，是用來迎擊穿過陷阱的怪物。

「哇，變得好漂亮喔！」

「啊，妳們回來啦。陷阱都放完了嗎？」

「對，都沒問題了！」

「我們都準備妥當了。」

「我這邊也幾乎完成了。跟第四次活動比起來，應該舒服很多。」

伊茲來到迎擊區做最後的加工，設置砲台和防止怪物一口氣殺過來的牆堵，稍喘一口氣。

「想不到弄得這麼大手筆。不過這是一次很棒的經驗，而且還滿好玩的。」

「真、真的好棒喔。這樣要用掉很多材料吧，我再幫妳蒐集……」

「沒用到多少稀有材料啦，有機會再拜託妳多弄一點。」

「我跟姊姊都隨時可以喔！」

四人聊著聊著，其他四人也裝完陷阱回來了。

「哎呀，總算裝好了。出去的時候要小心走喔，有很多一不小心就會搞死人的東西，很危險的。」

所有人也都有相同感想，頻頻點頭。這時梅普露突然想到什麼似的說：

「啊！對了，要是有玩家跑進來怎麼辦！會害死人家啦！」

「呃，別擔心，我在外面放了塊牌子。」

「咦？啊，是喔？謝啦，莎莉！那個，牌子寫什麼啊？」

「【大楓樹】大本營　內有大量危險物　撞死不賠。」

「……其實也沒錯啦。」

「簡直正確得不能再正確了呢。」

「就是啊，滿地都是陷阱。」

眾人布置好滿地都是殺人陷阱的地城後喘口氣時，時間已經來到夜間，強怪出沒的時段終於到了。

「總之先在這裡守一下吧。」

「也好，不曉得會有什麼東西跑過來。」

在休息區與迎擊區的交界處，眾人藏身在伊茲所建的牆壁後頭，準備各自的武器好隨時攻擊。不久，上方傳來連續地鳴聲，告訴他們有東西闖進這座地城。

「有怪來了耶。」

「嗯，隨時可以開打。」

緊張氣氛開始瀰漫，然而上方傳來的地鳴逐漸減弱，等了好久也沒等到怪物出現。

「……死掉了？」

「大概吧……有需要檢查陷阱的啟動狀況吧。」

這樣可以了解怪物強度，且怪物是被陷阱殺死，有必要重新設置陷阱。

「我跟梅普露去看吧。我們情況不妙也跑得回來吧。」

「也好。就算不小心觸發陷阱，有梅普露在也不用怕。」

當兩人剛走出休息區時，通往上方的通道出現一個像梅普露的【暴虐】那樣頭上有角，沒有眼睛鼻子，長了惡魔般的翅膀，手持長槍的怪物。他帶著一連串傷害特效搖搖晃晃地飛過來……啪一聲摔在地上化為光消失了。

「啊啊……他已經很努力了。」

「就、就是啊。唉，我們也是以活到最後為目的，沒辦法的事。」

雖然情況變成不曉得誰才是壞人，誰才是地城魔王，但至少那隻惡魔提供了一條重要資訊。

「陷阱的對空火力好像不太行呢。」

「就是啊～全部看一遍以後再來想怎麼改良吧。」

梅普露和莎莉巡視一遍，發現陷阱從入口依序往內觸動，地上掉了一大堆材料，八成是來自只會走路的惡魔。

「陷阱沒那麼難重裝，把人都叫來一起弄吧。」

「嗯。啊，對了！麻衣跟結衣可以搬大石頭，說不定能把路堵起來，讓怪物往陷阱走喔！」

「不錯喔。我也想安心睡覺，就把防禦機關弄到萬無一失吧。」

兩人拍照記錄現況後，又返回最深處。

待陷阱重新安裝完畢，夜也深了，八人決定輪班休息。

「話說強怪會自己往我們這邊走的樣子，應該只能輪流睡了。」

「總之先把入口堵起來？麻衣跟結衣兩三下就搞定了吧。」

「就是啊！麻衣、結衣，拜託嘍？」

「「好，沒問題！」」

結衣和麻衣前往迎擊區最遠端的出入口，拿出幾塊陷阱用的大石迅速堵塞通道。

「好啦。如果有怪硬要進來，馬上就會發現吧。」

想進來得先敲碎幾塊大石，聽到聲響就能立刻應戰，可說是不太可能遭到偷襲。

「這樣就能放心了……」

「喂～！莎莉～！要不要過來玩～？」

肩膀剛放鬆，梅普露就從休息區喊她。梅普露的道具欄裡裝了很多用來打發時間的遊戲。

莎莉看著和過去一樣笑著揮手的梅普露，自己也淺淺一笑，往她走去。第一天夜晚，就在她們玩了睡，睡了玩之中過去。

◆□◆□◆□◆□◆

第一天到了夜晚，當然已經有人淘汰，遊戲管理員正在檢視相關資料。

「怎麼樣？」

「這個嘛，基本上跟預料的一樣，只是抓到強力魔寵的玩家比想像中活得還要更輕鬆而已。」

「這就是加魔寵系統的目的啊。如果玩家因為這樣更傾向去找魔寵，才正好順了我們的心意呢。」

「夜間強怪幹掉的玩家還不少耶。」

「做好迎戰準備的隊伍，和待在空蕩蕩的野外突然被強怪打的玩家，存活率就差很多了。」

遊戲管理員繼續查看倖存者的分布狀況和玩家名稱等資料。

「【聖劍集結】和【炎帝之國】幾乎全都還活著，會長當然就不用說了。」

「他們的魔寵都很強啊……話說現在是強怪時段，他們怎麼還到處逛啊……嗯？對了，【大楓樹】那邊怎麼樣？」

「啊，他們躲在山洞裡嘛。應該是暫停探索，專心迎擊吧。」

那麼說不定正有一群怪物前仆後繼地朝他們進攻呢。於是遊戲管理員調出畫面。

螢幕上出現的是鋪滿大量即死級殘忍陷阱，不成原形的洞窟。怪物們一個個囂張跋扈地衝進來，隨後慘叫著逝去。

「怎麼變這樣……」

「蓋成地城了呢……」

「殺意比我們還強……」

「變成塔防遊戲了……」

怪物可以不留情面來了就殺，梅普露幾個不用跟他們客氣。

即使是死路一條，也無法阻止會主動接近玩家的怪物進來送死。

「總之知道這點程度的強化怪物造成不了威脅了……會被陷阱幹掉啊……連戰鬥都沒有呢。」

「把期待放在第二天吧，他們到白天就會出來了吧。」

「應該把山洞做得單純一點的……」

「我也有同感。」

「可是這樣人家馬上就會發現那不是地城了吧。」

現在說這些也沒用，遊戲管理員切換畫面，查看其他難度的情況。

第三章　防禦特化與新搭檔

由於梅普露等人所創造的地城殺傷力遠超乎官方地城，到頭來怪物無法突破，沒有一個摧毀堆在休息區出入口的大石，他們輪班休息真是白輪了。

擔任最後一班的莎莉和霞叫醒還在睡的六人。

「梅普露，天亮了，快起來。」

「嗯～呼啊……嗯嗚，莎莉早。都沒事？」

「什麼事都沒有。有聽到很多陷阱的聲音啦，結果沒有一隻能突破。」

「太好啦～好！今天也要加油！」

梅普露拍拍臉頰提振精神，離開隔間。所有人都已經做好準備，隨時可以出發探索。於是她拿出【大楓樹】會長的樣子，再次宣告目標。

「只要再三枚銀幣，加上活到最後的就有十枚了，大家加油！」

「那今天也要先決定往哪裡去嘍。」

莎莉打開地圖，不過狀況似乎不太對勁，她用手指敲敲面板說：

「地圖……顯示不出來耶。」

「嗯？啊，我也是。」

「我也打不開的樣子，而且好像也不能傳訊息了。」

無法查看所在位置，又失去聯絡方法，就像在黑暗中摸索一樣。不同於第一天的狀況使八人開始有不好的預感，緊張在彼此間流動。

「總之八個人一起行動吧！走散就糟糕了。」

「是啊，至少要達成活到最後這個目標。但是出發之前，我們得先決定不幸分散的時候要怎麼會合才行。」

得出滿意的結論後，八人準備啟程。

「……好，那就往這個的方向會合喔。」

「……好的。」

「好～！大家出發！」

由於洞窟裡設置了大量不分敵我的致命陷阱，梅普露發動【獻身慈愛】以防萬一。

結衣和麻衣也回收大石，八人向外走去。

「今天要八個一起打啊，不管來什麼怪都會贏呢！」

「就是啊。既然第一天就打到兩枚銀幣，看來是不必特地分頭了。運氣不錯呢。」

為了避免意外觸動陷阱，眾人一面回收可以回收的道具，一面往外移動。

「哎呀呀，差點忘了解除【毒液囊】跟【天王寶座】！」

要是遇上惡魔型怪物，就需要用上說不定能封印對方技能的【天王寶座】了。現在有必要將能回收的東西都回收乾淨，以萬全準備面對每一場戰鬥。

一行人回收完畢而來到洞外，沒想到已是白天時段的天空仍是一片黑暗，而且連一顆星星都看不見。

「唔唔，感覺很不妙耶……」

「小心一點……啊！梅普露！」

來到戶外不久，八人腳下忽然出現黑色魔法陣。尺寸大得能跟梅普露的【獻身慈愛】相比，沒機會脫逃。

「不用怕！先做好補血的準備！」

梅普露這麼說的同時，黑色光輝包覆了所有人。她猛一閉眼，準備承受傷害，不過身上沒有感到任何衝擊。

「……太好了。各位，沒事嘍！……人呢？」

壞預感真的特別容易中。梅普露睜眼以後，發現身旁一個人也沒有。

不僅如此，背後也不是才剛離開的據點，是個陌生的地方。

地圖依然不會顯示現在位置，也無法傳訊。

所有人個別分散，又無法聯繫，是他們所能料想最差的情況。不過既然還在料想之中，或許不算太差。

「你們要努力活下來喔……！」

現在梅普露非得盡自己一切所能不可了。慶幸事先討論過怎麼會合之餘，她開始動手準備。

◆□◆□◆□◆□◆

莎莉感到所有人很可能全部失散，在黑暗中提高警覺，往開闊處前進。

「預賽是個人戰，就是因為會有這種事吧……梅普露那邊應該沒問題……麻衣和結衣比較讓人擔心。」

祈禱雪見和月見能好好保護她們倆的同時，莎莉開始移動。不久前方出現黑色魔法陣，裡頭冒出一個具有彎角銳爪，堪稱惡魔的怪物。怪物鼓振雙翼，往莎莉飛來。

「朧，【束縛結界】！……唔，沒效嗎！」

莎莉流水般躲過怪物刺出的手，在其腹側深斬一刀並拉開距離。受傷了的怪物發出詭異的叫聲，地上出現更多黑色魔法陣，召喚出尺寸較小的惡魔。

「朧，【火童子】！」

莎莉再為匕首附上火焰，增加攻擊範圍，表情認真地與他們對峙。

「後面也有怪……？」

神。

也許是被戰鬥聲引來的，背後也有沙沙聲逐漸接近，逼得莎莉不得不加緊集中精神。

怎麼也不能在這種時候倒下。

無論如何，得先掌握背後怪物的數量才行。於是莎莉往背後瞥一眼，發現有個眼熟的身影與怪物戰鬥的同時往這裡接近。

「芙蕾德麗卡？」

「啊，真的是莎莉啊～？太好了，我一直在找能幫我坦的人耶～」

芙蕾德麗卡直接跑過來，採取與莎莉背靠背的架勢。

「……至少清乾淨以後再來吧。妳怎麼知道我在這裡？」

「抱歉啦～我晚點再解釋喔～」

「好哇，我們先把這些解決掉！」

兩人暫時合作，舉起各自的武器。

並在惡魔群撲上來的同時展開反擊。

「【多重炎彈】！音符，【輪唱】！」

「朧，【渡火】【影分身】！」

芙蕾德麗卡擊出的火焰在音符的技能影響下變得更多，身上冒火的莎莉對怪物射出連鎖火焰，瞬時將陰暗的野外照得通紅。

「好像……不太需要防禦？那就【多重水彈】！」

既然不會範圍攻擊，這點數量的怪物八成不是莎莉的對手。於是芙蕾德麗卡不時替莎莉看幾眼，打倒較為棘手的怪物以幫她提升輸出。

平時大多用在多拉古身上的【多重屏障】，也用來幫自己減免傷害。她就這麼反覆地減傷、補血、趁隙攻擊，途中背後傳來一陣特別大的叫聲，轉頭只見一個大型惡魔被莎莉斬倒在地。

「這邊也要趕快結束了。音符，【增幅】！」

芙蕾德麗卡像平常那樣射出幾個火球，而音符的技能使它們變得更大更烈。

「呼咿～總算清光光了～」

火球焚滅剩餘的怪物，且兩人熄滅火焰後，野外又恢復陰暗。

雖然她們是臨時合作，但由於之前決鬥過許多次，大致知道對方能做些什麼，會怎麼做。

「呼～得救了～」

「妳一個人也打得贏吧。」

「哈哈哈，被發現啦～？其實還是有點不太行啦，培因他們都離得好遠喔～」

「啊，就是這個。妳怎麼知道我在這？」

「嗯～因為我有這種技能呀～不過妳的話應該已經猜到了吧。所以我也聯絡到他

們了，結果發現離好遠喔～」

芙蕾德麗卡希望情況危險的時候能有個可靠的同伴，而莎莉則是因為玩家在這次活動不用互相戰鬥，和她同行沒有任何壞處，自然不會拒絕。

「不跟別人會合就沒辦法打地城～妳也很想找到自己公會的人吧～？」

那妳要怎麼找人呢？芙蕾德麗卡臉上泛起燦笑。

「妳根本就沒辦法聯絡吧～？那妳就乾脆放棄他們，跟我來怎麼樣～？」

芙蕾德麗卡指向遠處，勸誘莎莉同行。

「嗯～先等一下喔。啊。」

「咦，煙火？有事件嗎？」

距離雖遠，但莎莉和芙蕾德麗卡都見到一團光芒，砰一聲閃耀在沒有半點星光的空中。

「那是梅普露的信號啦。那個方向啊……」

「咦，她還帶煙火進來喔……」

「不是啦，那只是梅普露身上綁炸彈，飛到天上引爆而已。」

「……嗯？咦，妳說啥…………？？」

芙蕾德麗卡還沒消化完，莎莉已經走掉了。

「啊，等一下等一下～！剛好方向一樣，我們一起走吧～？」

「是可以啦。危險的話我可能會丟下妳喔。」

「可惡……還以為你們沒辦法會合，可以拉妳過來幫我們的說～」

莎莉就這麼帶著埋怨每次都失敗的芙蕾德麗卡，往梅普露的方向走。

「多拉古笨笨的，不過絕德搜敵能力很高，大概已經找到人了吧。」

「要找臨時隊友的話，當然是愈強愈好吧……但也要有得挑啦……音符能偵測的範圍好像很大耶，這樣就不容易被怪偷襲了吧？」

「不告訴妳～啊，附近有好玩的喔，要去看看嗎～？」

「妳那個臉……是怪物吧。不要。」

「被發現了～」

但芙蕾德麗卡也沒有白白浪費資訊，在音符維持技能的期間，替莎莉指引了一條沒有怪物的安全路線。

「嗯……雖然本來就是這樣啦……但還是希望他們能趕快過來耶……」

梅普露坐在融入黑暗，遠遠只能看到一團影子的糖漿背上，定期用武器把自己打上天空爆炸。途中她開始不甘於單純的爆炸，還用上會隨爆炸反應而炸出彩光的道具，讓自己變得更像煙火。不過她還是會擔心同伴的安危，放不下心。

「好，再一次！【開始攻擊】！」

梅普露從糖漿背上炸到更高的空中，閉眼摀耳等炸彈引爆。

因為這個緣故，梅普露沒注意到從旁飛來的惡魔型怪物，在空中被抓個正著。

「唔咦？啊，不可以過來啦……！」

怪物一撲上來，梅普露身上的炸彈就全部爆炸，當場將怪物炸個粉碎。

「哇哇哇，歪掉了……糖漿！」

側面遭到撞擊的梅普露想把糖漿移過來，但只是用特異手段強行懸空的糖漿無法動得那麼快。

眼看就要垂直落地了。當她思考該直接墜落，還是再炸一次，試著飛回糖漿背上時，底下忽然有個柔軟的東西輕輕接住了她。

「嗯？唔唔？奇怪？」

「沒事吧……？」

「真是的，每次看都很傻眼。妳在亂搞什麼啊，梅普露？」

原來梅普露是落在巨大化的伊葛妮絲背上，而那裡除了伊葛妮絲的主人外，不知為何麻衣也在。

「蜜伊！跟……麻衣？妳們怎麼在一起？」

「我可沒興趣把【大楓樹】的人硬擠掉。路上碰巧看到她就接上來了。」

「這樣啊！謝謝喔！」

「妳自己也要小心一點。看樣子整個地圖是從邊緣漸漸陷入黑暗裡，怪物是愈靠近邊緣愈強，我隊上的人已經出事了。」

「嗯，知道了！我會注意的！嗯～要找機會回禮才行呢。」

「……要回禮的話，就幫我做一件事吧。」

「什麼什麼？什麼事儘管說！」

蜜伊從道具欄取出符紙，展示給她們看。

「這個妳拿去。別客氣，反正活動結束就會消失。」

「這樣就好了嗎？呃，【信標符】……？」

兩人看著沒有說明文的符紙歪起腦袋，但蜜伊沒有多做說明，放下兩人之後跳上伊葛妮絲起飛。

「應該還會再見吧。希望那不是互搶銀幣的時候。」

「嗯，再見啦～！謝謝～！」

「謝、謝謝妳！」

蜜伊對兩人揮揮手就飛走了。以意外方式迅速找到麻衣後，還剩六個人要找。

「這樣就能穩穩保護妳，太順利啦！妳們的ＨＰ比較低，能這麼快找到妳真是太好了呢！」

「就是啊，真是太好了……【炎帝之國】的人好像能用某種方法互相聯繫耶。」

「是喔～真好～這樣我就能直接飛過去找人了！」

總之得先全部找齊才行，於是梅普露又開始當信號彈了。

將麻衣交給梅普露後，蜜伊依然在空中飛翔。

「呼～幸好有把人帶到，她們好高興喔。那我也要趕快了！」

蜜伊從道具欄取出水晶擊碎。那是馬克斯交給她的，會對馬克斯以技能製造的【信標符】起反應，看見持有者的位置。

「呃，全隊只剩三個人了……這樣很難打地城耶……唔～官方竟然用強制傳送硬把人刷掉……」

蜜伊驅策著伊葛妮絲，她先從距離最近且移動頻率激烈，可能正在戰鬥的隊友開始會合。

由於行動範圍因黑暗而縮小，使得強力玩家一旦碰面就會保持合作。此時另一個地方也有兩名頂尖玩家正設法處理大批怪物。

「唔！就沒辦法清掉一點嗎！」

「我已經在用有利屬性的攻擊了耶……！」

米瑟莉和克羅姆正設法逃離幾十隻怪物的包圍網。兩人在過去的叢林探索活動也曾合作過，而這次還能補血。米瑟莉的ＭＰ幾乎都用在治療克羅姆上，而克羅姆也不斷為了保護米瑟莉而反覆在鬼門關前來回。

「涅庫羅，【幽火放射】！」

「【聖矛術】！」

雖然米瑟莉的魔法對如今橫行於複賽場地的惡魔型怪物特別有效，不過他們一個是塔盾玩家，一個專司回復，攻擊力還是不夠。

「死不了！但是也殺不死他們！」

「就是啊……怪物也不召新怪了耶……」

克羅姆和米瑟莉都還有減傷、免傷或復活的技能可用，僅是一兩次的潰敗，仍有辦法輕易再起。這種頑強續戰力，可說是【大楓樹】所缺乏的。克羅姆鏗鏗鏘鏘地切換涅庫羅的型態，反覆攻防。

「坦是坦得住，可是他們速度很快……米瑟莉，還有其他方法嗎！」

「……先撐一下！有值得期待的援軍要來了！」

「ＯＫ，我相信妳喔！【活性化】！涅庫羅，【幽鎧・堅牢】！」

克羅姆將涅庫羅切換成防禦特化型，紮實彈開攻擊，依米瑟莉的要求爭取時間。

善於回復的兩人即使遭受傷害，也依然能打持久戰。

持用塔盾的克羅姆和【炎帝之國】的蜜伊等人不同，若沒有攻擊的必要，即使遭到怪物包圍也能利用其堅實的防禦撐上好一段時間。然而如此令人喘不過氣的戰鬥，使得克羅姆的專注力逐漸渙散，挨打次數逐漸增加。

「如果運氣好，【非死即生】都能撐過是還好啦……要是妳那個援軍能早點來就更好了！」

「好的，別擔心。她剛好到了。」

「嗯？喔喔！」

米瑟莉回答的同時，許多大火球圍繞著他們與周圍怪物砸下來，地面頓時火舌四竄。克羅姆藉涅庫羅的力量所放射的火焰威力，跟它們完全不能比。火球將克羅姆只能慢慢削的ＨＰ一口氣燒到底，怪物化為光而湮滅。

「唔喔……好猛……」

「呼，這樣就能放心了。蜜伊，謝謝妳。」

「沒什麼，米瑟莉妳沒事就好。嗯？這裡也有【大楓樹】的人啊？」

「嗯？妳有遇到別人嗎？」

「雙胞胎的其中一個，叫麻衣是吧。後來發生一些事，送到梅普露那去了。」

「喔喔！那真是太好了。」

「蜜伊，再來我們怎麼辦？」

「辛恩和馬克斯都還活著吧，一起去接他們。」

「嗯……那我可以跟嗎？」

克羅姆的請求讓她們顯得很訝異。這是當然，畢竟克羅姆的目的和她們完全不同。

「沒有啦，就是在遇到米瑟莉之前有聽到一些人在慘叫。這個場地這麼大，可是一下就遇到這麼多玩家，感覺傳送範圍其實沒有很大。」

這麼說來，馬克斯和辛恩附近說不定也有【大楓樹】的人，而且對蜜伊她們來說，有個強力坦克也比較好打，結伴同行有好沒壞。

「我無所謂。可以吧，米瑟莉？」

「嗯，沒關係。」

「好，那就麻煩啦。」

三人騎上伊葛妮絲飛上天空，趕往同伴的位置。

「在這附近嗎？」

「有點遠，要越過一座山。」

「說不定官方不太想讓我們會合呢……雖然說場地在縮小，事實上還是很大。」

「到第三天說不定又變得不一樣了。總之，要在強怪時段之前建立好據點，不然就糟了。」

惡魔型怪物一來就是一大堆，還頗為凶猛，而那還不是第二天的強怪時段的怪物。要是怪物強化之前還來不及會合，犧牲會更慘重。

「如果能找到我們家其他人就好了……嗯嗯？」

「怎麼啦？」

「那裡說不定有我們家的人。我第一天就在那種爆炸裡，印象滿深刻的。」

克羅姆在伊葛妮絲的去向上見到雷電與火焰的光明一次又一次地撕裂黑暗，想到那個生起氣來會非常恐怖的工匠。

「……現在怎麼辦？」

「也不能怎麼辦啦……只有我們兩個，實在……」

馬克斯和伊茲利用岩壁與藤蔓牆作堡壘，躲在裡面。

兩人都是需要一點時間作布置等準備工作才能戰鬥的玩家，用盡方法逃竄後碰巧遭遇彼此。

「馬克斯，那些牆可以撐多久？」

「……以現在的數量來看……五、五分鐘吧？」

「我也來全力做道具，現在只能輪流防守，到處找人了吧！」

伊茲說完就設置工坊，不停製造道具。過了馬克斯所說的五分鐘，怪物真的打破牆壁淹進來了。

「這個怎麼樣！」

但怪物又被伊茲製造的冰晶所產生的冰牆擋下。兩人隨之稍微移動，並思考能否逃到更好的地形。

「下次換我擋，妳趕快做道具……」

「也對。沒辦法，這次又要花大錢了。」

伊茲一邊估算手上殘存的金幣，一邊和馬克斯輪班製造陷阱和道具，設法求生。

「唔唔，遲早會被磨死……蜜伊快來啊……」

「……那邊有山洞！在那裡就能打回去了吧！」

「嗯。可是有點距離耶。」

「我有辦法一下子衝過去！」

「那真是……太好了……咦？」

伊茲從道具欄取出水團，水團彈晃晃飄在他們腳邊。

「菲！【道具強化】！」

「呃，這絕對是梅普露常玩的那種！」

「答對了！用力抓緊喔！」

「哇、哇！」

伊茲抓住馬克斯，往水球一腳踩下去。經過強化的水球剎那間噴出驚人水量，把他們一口氣沖開，成功穿過怪物包圍直接滾進山洞裡。然而在他們準備展開反擊時，兩人腳下發出白光，光芒包住他們倆。

「這……」

「哇……是傳點……」

傳點一經啟動就無法轉圜，兩人就這麼從山洞中消失，轉移到其他位置。

當兩人隨光芒退去而睜開眼睛，見到的是石磚砌成的牆，以及鋪滿乾爽細沙的通道。背後就是一面牆，看不見之前讓他們頭痛很久的怪物，但現在又有個新問題。

「不小心跑進地城裡了呢。」

「就、就我們兩個？怎、怎麼辦……」

他們通常專司後援，很有可能遇到根本打不了的魔王。

「就算蜜伊看【信標符】也過不來吧……哇，太糟糕了。」

「該怎麼辦呢，直接在地城裡躲到最後怎麼樣？說不定還會有人來呀。」

「待一定時間以後就會開始出強怪……第一天被這個搞得好慘。」

從馬克斯連回想都不願意的樣子，看得出不是謊話。

「這樣就麻煩了，只能想辦法打出去了呢。」

「嗯，只能這樣了。現在不是保留實力的時候……可利亞，【隱形】。」

馬克斯擺在頭上的變色龍發動技能，特效包覆他與伊茲。

「這樣除非撞到怪，不然不會被發現……應該對魔王沒用就是了。對外面的怪物也沒用，讓我很傷腦筋。」

「這樣好，這能力不錯嘛！會用陷阱就更強了。」

「是、是嗎？」

不會被小嘍囉看見以後，兩人一邊觀察地城一邊前進。

「地上都是沙……跟叢林活動的遺跡滿像的。」

「你是說克羅姆和奏也打過的那個吧。真的有那種感覺。」

走著走著，地上的沙忽然隆起，形成一個手上的巨槍和鎧甲都是由沙構成的怪物。怪物的身體似乎也都是沙，不斷沙沙地震落沙塵往他們走來。

「沒事。感覺沒有看見我們……應該吧。」

「我們靠邊一點。」

伊茲和馬克斯都在牆上貼平，等沙兵過去。可利亞的【隱形】似乎確實有效，兩人見沙兵離去而鬆一口氣。

「呼，看來有機會直接走到最裡面。」

「嗯，總之要先想辦法出去，不然就死定了……」

兩人繼續一步步深入，往魔王房前進。

在可利亞的力量幫助下，兩人不費力地來到了魔王房前。接下來才是問題。

「怎、怎麼辦，能找到這裡是很好，不過……」

「就是啊，但也只好想辦法打贏啦。」

「是沒錯啦……」

「來，振作一點。再說我們可以在門前做很多準備呀。」

「咦？嗯，也對……」

兩人基本上都是在有攻擊手的狀況下進地城，且擔任後援角色。

平常提升自己的攻擊力只是白費時間，根本不會這麼做。

但現在就不一樣了。

「不管裡面是什麼樣的魔王，都要讓他知道給我們時間準備有多恐怖。」

「……嗯，說得對。那好吧，我也跟第四次活動不一樣了。」

於是兩人開始準備製作時間長的道具或發動起來較耗時的技能，做好萬全準備才推門入內。

裡頭很寬敞，地上全都是沙，簡直像沙漠一樣。房間最深處有個沙岩雕成的寶座，上面坐了個沙槍比路上小兵更巨大，身穿金甲與紅披風，散發王者氣息的人。

兩人一進房，魔王就無視於可利亞的隱形效果，直接提起槍尾往地上一敲，其前方的沙立即湧出大排沙兵。

「你們有兵……我們有城堡。【設置・一夜城】！」

馬克斯發動技能，頓時高大牆堵圍繞兩人升起，組成碉堡。馬克斯再使用更多技能，如抵擋惡魔型怪物那樣用藤蔓與岩石製造層層屏障。同時，伊茲也在馬克斯建立的碉堡中設置砲台等道具。

「平常靠梅普露的【機械神】就行，現在這招總算有機會用了！」

「而且我們也有兵。【遠距設置・水軍】【遠距設置・花騎兵】！」

這單純是陷阱性質，要等到怪物接近才會發動，而且是一次性，效果又短。不過若能和對方召喚的沙兵相抵銷，就能解決數量上的劣勢。

「我比較擅長防守……魔王交給妳嘍。」

「知道了，我送他砲彈當見面禮！」

伊茲用菲強化砲彈與大砲，再對砲彈使用【再利用】。如此一來，能輕易射到房間另一端，還能爆炸好幾次的稀世砲彈就完成了。

「全部請你吃！」

設置於碉堡的大量大砲往王座準確擊出砲彈，爆焰瞬間淹沒那一帶。

「哇……妳、妳真的是工匠嗎？」

「哎呀，真的呀。就只是攻擊方面變得稍微夠看一點而已。」

「稍微而已……？」

「哎喲，現在好像沒空說話了。魔王還好好的呢。」

「……嗯，畢竟是魔王嘛。可是……」

「好，準備萬無一失。」

伊茲從道具欄拿出更多砲台和裝載炸彈的投石車，馬克斯繼續遠距設置陷阱逼退沙兵。炸彈也達到消滅沙兵、推進前線的功效，拓展馬克斯設陷阱的範圍。

「好……那我要縮短距離嘍。」

「嗯，沒問題。」

「【對調】。」

這個技能冷卻時間雖長，卻能瞬間對調兩個陷阱的位置。而冷卻時間長，不只是因為這個技能方便而已。

目標是他推開沙兵後直接設在王身旁的陷阱，而另一個陷阱，當然不會是別的。

「哎呀，這麼近就好打多了。」

馬克斯交換的當然是【一夜城】。一座座大砲正對魔王，為接近時準備的炸彈全部滾過去。

召喚出來的沙兵也遭大量陷阱與碉堡阻斷在背後。伊茲以儼然要清空道具欄的速度朝魔王丟炸彈。

「我好歹還能幫忙綁人……」

一下子被強化得亂七八糟的據點整個逼到面前，對指揮官型的魔王極為不利。即使被馬克斯捆住四肢，他還想刺出手中的槍，結果又被直逼房頂的爆焰淹沒，就變成沙消失了。

「好像比想像中順利耶？」

「果然……【大楓樹】都是怪咖。啊，有銀幣。」

「哎呀，我也拿到了。這樣的話就算第二天都用在找人跟建立據點上，說不定也沒問題呢。」

「啊，對了。還要找到其他人……」

這時兩人全身發光，要返回原來的複賽場地了。回到原位就表示又要被那群怪物包圍，於是兩人小心地備戰，但沒有見到那群怪物。

等待他們的是操縱著兩顆火球的蜜伊、專心回復的米瑟莉和看似不久之前才被怪圍著打的克羅姆。

「喔，真的在這耶。伊茲，妳看起來很好嘛。」

「馬克斯也沒事嗎，太好了。」

「嗯，我們就……遇到很多事，不過結果都沒事那樣。」

「而且還拿到一枚銀幣了呢……？」

「我也有收到通知，所以是你們一起打贏的嗎？」

「因為剛好搭得起來嘛。」

「嗯……是啊。」

因一個可喜的誤算而獲得銀幣，讓他們不禁歡笑。其餘三人是來到【信標符】訊號消失的位置等馬克斯，所以才待在這裡。

「能遇到克羅姆真是太好了，這樣就能放心到梅普露那裡去了。」

克羅姆跟著向伊茲說明他同行的緣由，於是伊茲也決定同行。人手是愈多愈好。

「白搭車也不好，我給妳幾罐藥水。都是我特製的，應該還記得吧。」

「喔，謝謝。找到辛恩以後，我就送你們去梅普露那裡吧。區區小事不足掛齒。」

「謝謝，這樣輕鬆很多。」

「……那個，不好意思打個岔……辛恩的【信標符】訊號好像消失嘍。」

「什麼？他應該沒那麼容易死吧……」

熟知辛恩實力的蜜伊顯得很懷疑。那麼，反應消失還有另一種可能。

「說不定他……也進地城了？」

馬克斯不久之前就遇過這樣的事，而他也猜對了。

「嗯～這下傷腦筋了。」

「是啊，想不到魔法陣的規模那麼大。」

對話的是辛恩和霞。霞使小白【超巨大化】，在附近搜尋【大楓樹】成員，也讓附近的人一眼就看出是她。結果引來的不是公會成員，而是辛恩。

後來一陣風整個捲起他們所在的森林，將裡面的玩家一律傳進地城裡。

他們前不久都收到了獲得銀幣的通知。或許是因為自己的現況，自然而然就察覺發生了什麼事。

「不曉得觸發條件是什麼。總之空間夠讓小白動作，算是不幸中的大幸了。」

「是啊，不過……能聽到一絲絲的慘叫聲，小心一點比較好。」

霞緊跟在小白身旁往森林深處走，好讓小白能隨時用牠巨大的身體進行掩護。森林和先前的場地一樣陰森，何時有什麼衝出來都不奇怪。原本只能不時聽見慘叫聲的森林裡忽然響起一陣地鳴，使兩人備戰。

「……！霞！」

「好，來了！【心眼】！」

霞使用技能預測敵方攻擊路徑。因此看見的竟是一整片的紅，表示整個視野都是傷害範圍。

「辛恩！過來！」

「來、來了！」

自知來不及退避的霞立刻叫小白把他們層層捲起來，使鱗片硬化。

緊接著聽見的是硬物相撞的巨大聲響。兩人往上一看，見到一隻因撞上小白而改變路線的大蜈蚣從牠上方越過。隨後又是一聲地鳴，霞眼中的傷害範圍跟著消失，兩人才鬆一口氣。

「唔呃，牠的殼好像很硬耶。那種東西我們打得動嗎？」

「從慘叫來看，已經有很多玩家被牠撞死了。基本上不是一兩個玩家能打倒的東西吧。」

「就是啊，變得好麻煩喔。」

「可是不打倒牠也不行吧，總不能一直待在這裡。」

「是啊。好，我們來殺蜈蚣！韋恩，【甦醒】【崩劍】！」

鷹型魔寵現身的同時，辛恩的劍帶著特效分裂開來懸浮於空中。量比霞在第四次活動中見到的更多，若能自由操控每把小劍，攻擊力肯定非常可觀。

「又變多啦？」

「嗯，韋恩也是以攻擊次數為主。你們的莎莉說不定不太適合跟我打喔。」

「總覺得莎莉可以輕鬆寫意地全部躲掉……」

「是啦，很有可能。不過還是想跟她打打看。」

「來我們基地就行啦，像芙蕾德麗卡沒事就會來。」

「這主意不錯喔，能打中莎莉就是超一流了吧！啊，差不多該開打了！」

「好，開打吧。」

霞解除小白的防禦，在兩側叫出【武者之臂】準備應戰。不久，傷害範圍布滿了她的視野。

「從正面來嘍！」

「ＯＫ。韋恩，【風神】！」

辛恩配合霞的報位，射出風刃與【崩劍】，在衝過來的大蜈蚣頭部到中段留下無數砍痕，但阻止不了牠的襲擊。

「嘖，好硬啊！」

「小白！」

為了不讓大蜈蚣又躲進地底，小白從旁突襲，咬住牠捲起來。霞趁機跳到大蜈蚣身上，高舉武士刀。

「【第二式・斬鐵】！」

猛一揮下的刀擊穿大蜈蚣的防禦，劈開甲殼深深砍進身體，手感紮實。小白還跟著勒緊，將頭部到中段的部分用嘴扯斷。

「喂喂喂，這條蛇力量也太強了吧。」

「哼哼，牠可是我的好夥伴喔。」

正當霞跳下大蜈蚣想到辛恩那去時，扯斷的頭部與身體又開始扭動起來，都掙脫小白的束縛潛入地底去了。

「才想說這麼容易就死了，結果現在才正式開始啊？」

「恐怕是。【心眼】效果結束了，辛恩，提高警覺。」

兩人專心注意地面震動，感到大蜈蚣又開始接近。而他們猜得沒錯，兩隻蜈蚣跳了出來。全身傷勢都已經復原，唯一差別就只是體型變小了點。

「霞！」

「好！」

兩人不需多作交談，各衝向一隻蜈蚣，擊出自己的武器。

「還想跑！韋恩，【風牢】！」

「小白，把牠抓住！」

霞和兩旁的武者之臂一起揮刀，像先前那樣斬落蜈蚣。韋恩也將蜈蚣定在空中，讓辛恩用飛翔自如的劍猛砍一番。

「硬度變低了耶。」

「是啊，不過速度好像變得比較快了。」

「又分裂了，而且分裂以後一定會跑掉……」

小白的束縛和韋恩的【風牢】都沒用，蜈蚣逃跑又攻來。如此反覆之下，蜈蚣的數量一再翻倍，變成十六隻。八隻時已經有蜈蚣能鑽過霞的攻擊傷害到她，正面迎擊會愈來愈難。

「唔，變小了攻擊力還是一樣……」

「不過HP變得很少。再來好像可以看我表演喔！霞，幫我殺沒打死的就好！」

「好，交給你迎擊了。」

這時下一次攻擊時刻再度來到，蜈蚣三六〇度包圍他們直撲而來。

「不過是十六隻，小菜一碟啦！」

韋恩的【風神】所造成的風刃將蜈蚣群盡數斬落，飛劍更將還有一口氣的蜈蚣一一串起。

「HP變這麼少，就準備等死吧！」

最後沒有一隻蜈蚣能逃過辛恩的火網，接下來的三十二隻、六十四隻連霞都不用出手就清光了。

「沒有範圍攻擊的話，這會打到崩潰吧。」

「下次是一二八隻嗎？」

「難說喔。不過靠數量是贏不過我啦。」

說到一半，地面傳來遠超乎以往的巨大地鳴，比起初的大蜈蚣還要巨大的蜈蚣張開閃爍凶光的大顎直逼而來。

突然冒出超乎預料的巨大蜈蚣，使辛恩動作出現遲鈍，但霞已經立刻出刀了。

「【紫幻刀】！」

她的高速連擊甚至將撲來的蜈蚣推了回去，兩側的武者之臂也隨她以火速揮刀，砍得蜈蚣全身甲殼從頭開始往下破裂。

當技能結束，許多把刀圍繞蜈蚣出現，同時猛然刺向中央。這彷彿是以其人之道還治其人之身的絕殺，使蜈蚣直接化為了光。

「啊～原來如此。再加一倍就破百了，所以不繼續加嗎……話說回來，妳變得好小喔。」

「少廢話。敢盯著我看就劈死你。」

霞倉促之間使出她目前火力最高的攻擊，最後負面效果讓她縮成小孩尺寸。她是盡可能不想用這招，但當時沒有留手的餘地，只好硬著頭皮用了。

「小白，讓我上去。唔……好、好高。」

「呃，要我幫忙嗎？」

「過一下子就會恢復了啦，你那個看小孩的眼神是怎樣！」

「哈哈哈。妳公會的人真的每個都有很好玩的技能耶。」

這時兩人接到獲得銀幣的通知，全身發光。

「身體復原之前，我沒辦法戰鬥。」

「好，不用緊張。蜜伊應該已經過來找我了，而且妳還有這條蛇，只有幾隻怪物的話不能拿妳怎麼樣吧。」

霞好不容易爬上小白以後，兩人一起傳回了原本的場地。

活動在第二天狀況不變，有許多人遭到淘汰。

於是他們自然來到討論區聊聊自己是挑戰哪個難度，敗在什麼魔王手下。

354名稱：無名巨劍手

完全沒想到會強制拆散。

還以為只有預賽需要單打獨鬥，整個措手不及啊。

355名稱：無名長槍手
就是啊。
而且普通難度就不容易單打了。
都有魔寵了說。

356名稱：無名魔法師
我也是找不到人就玩完了。
能騎魔寵飛真的好方便喔。

357名稱：無名弓箭手
能載人的很稀有，
要是在預賽開始前沒升到級又本末倒置，
所以我最後還是放棄找會飛的了。

358名稱：無名長槍手
話說普通難度就這樣了，最高難度是什麼狀況啊？

359名稱：無名巨劍手
唉，根本地獄。

360名稱：無名長槍手
喔？你有打進去啊。
多說一點。

361名稱：無名巨劍手
我是因為有打上去，所以就打打看。
結果到處都有一堆惡魔殺過來，而且還很強。

362名稱：無名魔法師
聽起來好恐怖。
是說有一大堆梅普露那樣的？

363名稱：無名巨劍手
差不多就是那種感覺吧？

預賽打得滿順的，還以為活得下來。
可是傳送的位置太差，兩三下就掛了。

364名稱：無名弓箭手
如果傳送以後有人能合作就差很多了。
這樣我就撐得下來了吧。

365名稱：無名巨劍手
就是啊。
小怪也很強的樣子？
一不小心就瞬間垮掉了。

366名稱：無名弓箭手
第一天我有看到培因那團的戰況。
光是他們到處找地城的樣子，就覺得差距好大。
最高難度就是給那種程度的人玩的吧。

３６７名稱：無名長槍手
最高難度也太恐怖。
幸好沒去。

３６８名稱：無名魔法師
我倒是想去打打看。
好想被量產型惡魔梅普露狠狠蹂躪。
……你們不想嗎？

３６９名稱：無名巨劍手
還沒遇到惡魔就會死了吧。
到處都是戰鬥和怪物的腳步聲，感覺沒有安全點。
空中好像也有怪。

３７０名稱：無名弓箭手
而且空中還有東西會定時爆炸耶。
應該有騎魔寵飛的人被打下來吧。

３７１名稱：無名巨劍手
啊，我也有看到那個爆炸。
在同一個地方一直爆，大概是地城的陷阱吧。

３７２名稱：無名魔法師
野外有怪物，
地城有陷阱，
真的很地獄。

３７３名稱：無名長槍手
辛苦各位大大挑戰最高難度。

玩家們作夢也沒想到自己聊的爆炸居然是梅普露的自爆信號，就這麼聊著地城中的種種經歷，期待著第三天的回報。

當各地戰得如火如荼，梅普露和麻衣卻在糖漿背上悠閒地開茶會。

「哇，又有銀幣了耶，麻衣！」

「真的耶……大家都一個人就打贏了嗎……？」

「嗯～真的都沒人過來耶。我覺得現在這個也很顯眼啊……」

為了不過分浪費武器，梅普露現在換上了綠色洋裝，用【靈騷】固定住朝天發射的光束砲。

如此出現在黑暗天空中，還轉來轉去的光柱，從遠處也能輕易看見。

「啊，又有怪物飛來了！」

光柱原本是光束砲，轉動起來就能像光束劍那樣使用。燒傷翅膀降低飛行惡魔的速度後，再來就換麻衣表現了。麻衣從擺在糖漿背上的桌子底下拿出鐵球，勾動手腕丟出去，準確命中光柱所照亮的惡魔頭部，像氣球那樣爆炸。

「丟得好準喔！」

「謝、謝謝。」

「唔～還以為大家很快就會過來才擺桌子的……都被傳到很遠的地方去了吧。」

「可是好像都還沒事，而且大家都很強，繼續等就會來了吧。」

「不曉得人在哪裡真麻煩……啊，紅茶要續杯嗎？」

「啊，好。謝謝。」

彷彿與地面的地獄處於完全不同世界的兩人，繼續開心喝茶。

相較於相對安全的空中，想在地面找個完全沒有怪物的地方可是十分艱難，情況糟一點的地方甚至比地城還要危險。這當中，【大楓樹】的奏和結衣順利會合並逃離怪物追擊，利用嬌小體型躲在樹洞裡。奏難憑一己之力保護結衣，而現在仍有許多怪物往樹洞步步接近。

「呼～得救了。只靠我的話搞不好根本撐不住。」

「騙誰呀你。好啦，其實我也打得有點怕。」

多拉古站在樹洞前。他平常都是和芙蕾德麗卡配合，若無人支援很難發揮全部戰力。

「這時候就要互相幫助啦。情況變好以後就說再見也沒關係。」

「其實芙蕾德麗卡已經往這邊過來了吧，而且不知道怎麼了，莎莉也在一起喔。」

「你們還能聯絡啊？」

「嗯，算是啦。」

「再過一下就撐過去了吧。等莎莉來以後，應該就能到梅普露那裡去了。」

距離光柱轉來轉去的位置只剩一小段了，只要撐過這波攻勢就行。

「【聖甲術】【附加聖屬性】！」

奏先在多拉古的鎧甲與武器附上一層光。如此一來可以多少降低傷害，並提升對怪物的傷害。

「湊會幫你上減傷技能，儘管去打吧。」

奏說完就在樹洞裡叫出湊，讓它變成自己的模樣。

「哈，那就靠你嘍。厄斯，【地震】！」

多拉古身旁的魔像雙手往地面一砸，周圍地面立刻發生劇烈震盪。雖然對天上飛的惡魔沒有影響，在地上爬的殭屍類怪物卻全被絆住了。

「【土石浪】！」

多拉古發動技能，在地面擊出高聳波浪，將怪物們推回去。而且多拉古所有攻擊都具有擊退效果，使怪物退得更遠。他的能力相當豐富，除了有效利用擊退打散敵方陣形之外，也能不停推回對手不讓其接近。由於只要受到他的攻擊就會遭到擊退，難以輕易接近。

「好厲害喔！如果我也能這樣就更能打了……」

「戰鬥這種事本來就有擅不擅長跟合不合適啦。只要能在正確時機發揮力量就很好了！」

「是！」

「啊，【防護結界】！」

「擋得好！不輸芙蕾德麗卡喔！」

「……說這什麼話，以後放生你喔～？」

「喔！已經來啦？哎呀，得救了！還滿快的嘛。」

多拉古稱讚奏時，芙蕾德麗卡撥開草叢現身了。

「雖然才說要放生你……討厭啦，【多重屏障】！」

見到芙蕾德麗卡也來支援多拉古，莎莉先來到奏和結衣身邊。

「想不到你們也在這裡。嗯，沒事就好。」

「我們是往梅普露的方向走，結果還差一點就遇到一大群怪。」

「一開始是跟多拉古一起打，可是我打得很危險……啊，對了！莎莉，可以去幫多拉古嗎？」

即使多了芙蕾德麗卡，數量上還是二打多，結衣擔心地往多拉古望。尤其這次到最後還是要靠他保護，讓結衣很過意不去。

「放心，來的不只是我和芙蕾德麗卡而已。」

「咦？」

「【擴大範圍】【斷罪聖劍】！」

「【旋風連斬】！」

多拉古製造的土牆另一邊傳來呼喊，緊接著光輝的洪流照亮了周圍一帶。啪唧啪唧的破碎聲重重響起，告訴樹洞中的三人怪物正遭到消滅。

「剛才那招沒用到魔寵……看來他們比之前更強了呢。幸好這次複賽沒有PvP成分。」

「真不愧是培因跟絕德。」

怪物即是由培因和絕德所殺。他們收起武器後，向多拉古和芙蕾德麗卡對話。

「好像不行耶～其他的隊員都已經沒有反應了～他們一個是坦，一個是上BUFF DEBUFF……可能傳的點不太好吧。」

「這樣啊。那我們的據點怎麼樣了？」

芙蕾德麗卡對培因搖搖頭。這次培因的隊伍是將據點設在地圖邊緣，如今已不幸成為強力怪物的巢窟。

「只好從找地點開始了，真麻煩……」

「唉，沒辦法的啦。不弄好據點很難繼續探索嘛。」

聽到這裡，莎莉想了想之後走向培因他們。

「那個，我有件事想商量一下，可以嗎？」

莎莉就此向培因說出她的點子。

◆□◆□◆□◆□◆

「這個餅乾怎麼樣～？在第七階的店買的喔～」

「很好吃耶！晚點也告訴結衣吧……」

「呵呵～還有其他的喔～啊，等等！有東西來了！」

梅普露見到黑暗彼端有東西飛來，架好槍砲隨時準備用光柱烤一頓。蕨衣也取出鐵球，往同一方向望去。

「奇怪？那是……」

梅普露瞇起眼睛仔細看，發現那不是怪物，是伊葛妮絲和雷依。【炎帝之國】和【聖劍集結】的人們，和仍沒來會合的【大楓樹】成員都在上面。

「想不到這麼早就再見啦，梅普露。」

「蜜伊，妳們都來啦！那不是培因嗎，咦？發、發生什麼事啦？」

「結果莎莉跟我在想一樣的事，而且竟然連時間點都一樣。」

「看來是這樣呢。」

兩人向對方公會所提議的，正是共用據點。【大楓樹】的據點接近地圖中央，怪物出現率沒那麼高。

提供據點所換取的，即是他們的防禦力。

「喔～！不錯喔！大家一起玩很熱鬧，怪物也可以兩三下清潔溜溜！」

梅普露笑呵呵地回答，將總算會合的【大楓樹】成員都接到糖漿背上來，帶頭飛向據點位置。

「那個，莎莉呀，在這邊沒錯吧？」

「嗯，那座山位置沒變，在山腳下降落就行了。」

於是梅普露就此緩緩降低糖漿高度而著陸，找了一會兒便找到標示內有據點的告示牌，返回那熟悉的山洞。

「呼～太好了。那既然都帶回來了，我們出去探索吧。」

「不過回據點要花時間，而且說不定還沒布置完就近強化時段嘍。」

因此首先要趕緊布置據點，所有人都進入山洞。重新設置陷阱很花時間，所有人邊往深處前進邊作業。

「哇……這個只顧殺傷力的陷阱是怎樣……」

「馬克斯，你也去找地方裝你的陷阱怎麼樣？」

「嗯，我去問問看。另外就是，至少要留一條路擺滿我們不會觸發的陷阱，這樣才出得去喔……不然踩歪就慘了。」

梅普露現在常駐【獻身慈愛】效果，【大楓樹】的人踩進毒沼也不怕，可是其他公會的人就不行了。

於是馬克斯也加入設陷阱行列，抵達最深處。多了八個人，利用空間的方式也得隨之改變。

「看我一下子搞定！你們幾個，都要幫忙喔？當然每個都有分。」

在伊茲的指示下，休息區的構造逐漸改變。由於陷阱已經裝完，人又變多了，重新裝潢的速度比上次快上很多。

◆□◆□◆□◆□◆

「好啦，終於釋放第二天的強怪了。」

「嗯。強制傳送淘汰了很多玩家，就讓我們繼續給予考驗吧。」

「玩家被打得很散了呢……嗯，有超過一個隊伍的人聚在一起……？」

「嗯？哪裡？」

「玩家那邊的殺意爆表地城。」

「【大楓樹】啊……唉，他們已經回到那啦……嗯嗯？超過一個隊伍？」

管理員疑惑地查閱該地玩家名單，見到一大排熟悉的名字。

「為什麼……怎麼會這樣？」

「變多了？變多了？」

「哎呀，把怪物送到那裡去……對怪物來說太可憐了。」

「可是已經擋不住了。」

都已經釋放十多分鐘了。即使現在重置這個事件，怪物還是會往經由馬克斯進一步強化的人工地城，往裡頭【大楓樹】、【聖劍集結】和【炎帝之國】的玩家走。

「拜託活下來……一隻就行了。」

「至少要突破陷阱嗎？」

「我是希望能打倒那團人。」

「哈哈哈，你也太瞧得起怪物了吧。」

「哈哈哈，是嗎？」

「「哈哈哈哈。」」

管理室裡充滿了這樣的乾笑聲。

據點在強力怪物出現前不久完成。雖然迎擊區挪了一點出來，但在馬克斯的陷阱強化下變得更有效率了。

「哎呀，螢幕啊？要看什麼？」

「我先把影像弄出來喔……」

馬克斯張設的螢幕很快就播出畫面，能看見這座蟻巢狀地城的所有房間。

「哇～！好棒喔！」

「看、看得見的話，就知道要重新裝什麼陷阱，怪物有多強了……先走啦。」

馬克斯對梅普露說戰鬥交給其他人之後，就回到自己的隔間裡去了。

改裝過的休息區中央多了個較寬的公共空間，各公會的隔間都與其相連，馬克斯的螢幕也是設在這裡。

這裡基本上還是【大楓樹】的據點，只有【大楓樹】自己的人敢大聲嬉鬧，不過經常來串門子的芙蕾德麗卡也很快就融入他們。

「好閒喔～不能去打地城，又不能太放鬆呢～」

「妳很習慣這樣了嘛……怪來以後要記得幫打喔。」

「知道啦，莎莉～這裡還有炎帝，不會輸的啦～」

「莎莉！好像有東西進來嘍！」

說人人到，馬克斯設置的螢幕上映出入侵者的身影。那是個以四條腿往深處衝的獨眼怪物，感覺像梅普露的【暴虐】少幾條腿卻多了個眼睛。只見那種怪物群一窩蜂地往梅普露他們的據點裡衝，像洪水淹進來一樣，以數量強行突破陷阱。儘管陷阱消滅了不少，但沒能完全殲滅。

「啊～感覺會跑進這間耶～有比昨晚的強的樣子喔～培因！上工了！」

隨著芙蕾德麗卡前往【聖劍集結】的區域，蜜伊也走出【炎帝之國】的區域。

「我去就行了，你們在後面等著吧。」

「蜜伊，妳一個可以嗎？」

聽梅普露這麼問，蜜伊十拿九穩地輕笑一聲。

「我可是堂堂大公會的會長呢。先不說辛恩，馬克斯和米瑟莉都是後援型，我不是一個人。」

倘若那些血量頗高的怪物大量湧進來，蜜伊一個人抵擋會比較方便。

「情況危險我就衝出去喔！」

「好，就這樣吧。不過妳大可放心，我想沒那種必要。」

蜜伊這麼回答後，培因也過來助陣。

「我也上。既然借了據點，該做的事我說到做到。」

「好好好，那我只幫你們上ＢＵＦＦ喔，加油～」

繼芙蕾德麗卡之後，馬克斯、米瑟莉和伊茲也幫培因和蜜伊盡可能施放強化法術。

兩人身上冒出各種顏色的靈光和特效，準備就緒。

「上吧，蜜伊。」

「這次不准留手喔，培因。」

「好。數量那麼多……與其留手造成漏網之魚，不如一擊全部解決。」

蜜伊和培因叫出伊葛妮絲和雷依，走到迎擊區舉起武器。

不久傳來隆隆腳步聲，怪物從通道蜂擁而出。

怪物一見到他們倆，眼球前方就浮現黑色魔法陣，要使出某種攻擊。但在魔法陣射出任何東西前，兩人已經動手。

「伊葛妮絲，【不死鳥之炎】【化己為火】。」

「雷依，【光之奔流】【全魔力解放】。」

蜜伊全身纏繞赤紅火焰，火焰還沿地面蔓延。培因的劍覆上蒼白光輝，發出星火般的啪嘰聲。

「【殺戮豪炎】！」

「【聖龍光劍】！」

在怪物的魔法陣發出黑光的那一刻，遠超乎那總量的紅與白填滿了整個空間。蜜伊釋放的烈焰將地面全部化為傷害地形，燒盡前方的一切。培因擊出的光對惡魔型怪物有特效，受到那光輝籠罩的怪物由前至後一一遭到淨化而消滅。

烈焰和光輝還衝進通道，將落在路上的道具全都衝開，颳起的狂風在地城內肆虐片刻才止息。

「搞什麼，還以為第二天會強很多，結果也沒有。」

「這次是我們有地利，在這裡也能用我們那些破綻大的大招。」

「好棒喔～！蜜伊和培因果然厲害！」

「很可能還有下一波攻勢，有十六個人就能輕鬆輪班了。隨時可以叫我們公會過來幫忙。」

「我們也一樣。」

「謝謝喔！」

梅普露對兩人剛才露那一手讚嘆不已時，盯著螢幕看的芙蕾德麗卡跑過來說：

「培因，不好了！你把馬克斯的攝影機也打爆了啦！」

螢幕上除了入口周邊，其他房間的畫面都不見了。

「……？平常不太會放那麼多ＢＵＦＦ，沒注意到有延長射程吧……對不起。」

「蜜伊……重裝那個很花時間耶。」

「這、這樣啊，抱歉。」

克羅姆和霞看著眾人討論重設陷阱的事，回想剛才的情境。

「難道每個公會會長都是那樣嗎……」

「也不是每個都有那種一騎當千的戰力吧。就只是我們身邊那種人特別多而已。」

兩人回憶著自己的會長，也加入重設陷阱的行列，以防下一次襲擊。

梅普露和莎莉也帶著馬克斯，重新設置被培因和蜜伊的攻擊波及的道具。

「想不到會變成真的像在蓋地城一樣……」

馬克斯喃喃地將提供畫面的道具裝設在房間角落。

「嗯～培因和蜜伊的攻擊力果然都有變強，而且超乎想像。」

「真的好厲害喔～」

「以後還有可能跟他們對戰，實在樂觀不起來呢。」

「對、對喔，說得也是。」

看著比第四次活動還強的那兩人，梅普露握緊雙拳，期許自己在下次對戰時能表現得更好。

「雖然那上了很多ＢＵＦＦ，我們這邊也是很驚訝呢。培因居然擁有和蜜伊同等的範圍攻擊……不是挑弱點打就能贏那麼簡單了。」

【炎帝之國】當然也很關注【聖劍集結】的狀況。能見到競爭公會的一部分力量，對聚集於此的三個公會而言都是很有幫助的事。

為了超前對手，在這場活動能蒐集到多少銀幣就很重要了。然而【炎帝之國】的蜜伊這隊只剩下四個人，能上前撐住戰線的也只有辛恩一個，算是特別艱難。

馬克斯一邊思考如何是好，一邊設置好所有道具和陷阱，繼續苦惱著帶頭返回最深處，梅普露和莎莉也跟著他的路線一起回去。

經過幾次襲擊後，大夥開始覺得反覆重設陷阱很浪費資源和時間，便改為直接消滅入侵者。這裡的十六人都具有ＮＷＯ數一數二的強項，即使需要輪班也能輕鬆抵禦怪物攻勢。

例如結衣和麻衣守在通道口，用她們的雙持巨鎚痛扁衝過來的怪物。突破防線或因某些技能而存活的怪物，則交給伊茲的大砲或芙蕾德麗卡和蜜伊等人用遠程攻擊清理。

發現這樣打起來其實很輕鬆時，【炎帝之國】和【聖劍集結】的人在公共區域討論起活動的事。

「你們在講什麼？」

梅普露確定沒有怪物襲來，跑去聽另外兩個公會的對話。雙方談的內容幾乎相同，是關於要不要在夜裡至少外出找地城一次。

「今晚的怪是沒弱到哪去，可是看我們這樣打下來，出去打也不會太辛苦才對。考慮到今天那次強制傳送，明天上午可能也會出事。」

「培因說得沒錯。雖然夜晚比白天危險，但第二天夜晚跟第三天白天比起來……很可能是第三天白天比較危險。」

「這、這樣啊……」

他們是遊戲內競爭前三的大公會，當然會希望盡可能多帶點銀幣走。既然大致看過了所有人的戰力，他們認為四人一組沒有問題，決定外出探索。

「啊，對了！那我們也來幫忙！」

培因和蜜伊聽她這麼說，都有些驚訝。想了想之後，他們覺得梅普露沒有任何打算，純粹是想以朋友身分幫忙而已。

「好啊，多幾個人能擋怪我們也比較安全。而且銀幣是每個人都有，對你們也有好處，不過……」

「這是要出去外面冒險，先向公會的人徵求同意比較好。我很感謝妳的好意，但我們畢竟是客人身分。」

兩人都很樂意接受【大楓樹】的協助，開始思考外出後的戰略。梅普露也聽從建議，召集【大楓樹】成員商量剛才那件事。

「嗯，有點道理。第三天說不定會有更糟的突發事件，既然我們打得贏現在的怪，

去找銀幣也好。」

「我們也需要盡量多打點銀幣嘛。」

「『這次我們會好好加油的！』」

「我是覺得在天亮以前回來就好了。」

「我同意。雖然霞和伊茲有幫我們打到銀幣，可是我們今天都還沒有正式出去找地城。」

「我也同意早點回來集合。說不定第三天連出去打一枚銀幣的餘力都沒有呢。」

獲得全體贊成後，【大楓樹】決定與【炎帝之國】和【聖劍集結】的成員一起分組，協助他們外出探索。

「我有在地圖上標出可能有地城的位置，等我一下喔。」

「啊～莎莉好賊喔～嗯～在哪在哪？」

「就說等一下了嘛。」

莎莉將預賽時製作的地圖傳給所有人。他們需要以此為憑據，決定往哪個方向行動。

「這樣看來……有特殊地標的點大多靠地圖邊緣。我們之前搜過的是這一帶。」

「這樣設計是故意配合第二天的變化吧。考慮到需要往怪更強的邊緣走，現在去打銀幣或許是最正確的選擇……」

分析過培因幾個和蜜伊幾個的情報，檢討風險與回報後，他們決定以平衡性和能盡可能探索更多區域為目標，分成四個四人小組。每一組都由三個公會的人組成，要分東西南北尋找地城。

考慮機動力、續戰力和攻擊力配出四個各具強項的小組後，所有人便離開據點前進野外。

向東的是絕德、馬克斯、麻衣、結衣這組。他們騎在月見和雪見背上，在野外大步前進。

「喔～還滿快的嘛。」

「嗯，這樣就算遇到怪也甩得掉的樣子……」

話剛說完，正前方就來了個之前攻進據點的那種獨眼四腳怪。可利亞的隱形對他沒效，直接往四人奔來。

「「【力量平分】【星耀】！」」

主人結衣和麻衣分享她們的超高攻擊力，使雪見和月見的攻擊力大幅提高，兩隻熊放射出有殺傷力的球狀光。

直衝而來的怪物受到雙重打擊而踉蹌時，雪見和月見跑過他兩旁，兩人在錯身同時揮出的每一鎚都砸在他身上，怪物直接化為光而消失。

「好可怕的隨機殺人魔。」

「這麼近看感覺更凶殘呢……」

這四人的基本戰略是讓結衣和麻衣接敵，將一切破壞殆盡。由於有雪見和月見在，他們能維持一定的速度，再加上馬克斯的陷阱，沒有脫逃上的問題。

四人查看莎莉製作的地圖，從【大楓樹】據點的位置查看標記應該在哪個位置。

「既然地形都沒變，照莎莉的描述應該在這附近……是那個嗎？」

在不見星光的黑夜中，眼前的湖中明明映照著一輪明月，抬頭卻遍尋不著月亮的蹤影。可以輕易推知這個地方有蹊蹺。

「要走了嗎？」

「好，待在這裡看也只會一直吸引怪過來，反而麻煩。而且我聽說馬克斯在地城裡比較好打。」

「嗯，可利亞的能力對這裡的怪物不太有效……」

「那就趕快走吧，還不知道是不是真的有地城咧。」

「知道了，月見！」

結衣和麻衣策動雪見和月見，一路跑到湖邊。

「總之先到湖中央看看吧。」

「我有小船……要嗎？」

雪見和月見都會游泳，沒這個必要，便直接踏向湖面。想不到雪見和月見都沒有沉下去，腳穩穩地停在水面上，繼續往前也能安然走在水面上。

「看來……是中獎了呢。」

當四人來到湖中央的月亮倒影處時，全身便發出光芒。

「這麼快就找到了。大家不要死啊。」

「嗯。」

「「好的！」」

所有人鼓起鬥志，光輝也完全包覆他們，轉眼傳到地城裡。

四人來到地面有層積水，岩壁結滿水氣，整個濕漉漉的地方。空間呈圓形，顯然是地城起點。

這個房間只有一條通道，只能往那走的樣子。

「好，開打啦。」

「嗯，那麼可利亞……【隱形】。」

「這樣怪物就看不見了嗎？」

「嗯。可是會看穿隱形的怪還是會打過來，要注意喔。」

「就算知道你會隱形，ＰｖＰ的時候恐怕也應付不了吧。」

「……很難說喔。」

四人小心翼翼地沿通道前進，發現另一端有條一公尺長的鰻魚在空中游泳。牠身體周圍裹著一層水，游過的地方會留下水帶，發出啪嘰啪嘰響的蒼白電光。

他們立刻舉起武器，而鰻魚似乎完全沒注意到他們，以同樣步調直直游過來。

「姊姊！」

「嗯！」

兩人向前一步，全力揮出手上兩把巨鎚。

鎚面從悠然游動的鰻魚正上方砸下去，砰地一聲敲在地上。可憐的鰻魚啪啪放了幾下電就化為光消失了。

「好豪邁的暗殺……」

「【隱形】在這很方便呢。」

【隱形】是攻擊就會失效，所以馬克斯和伊茲誤入地城時，只能用來躲避怪物。現在有結衣和麻衣在，效果就完全不同了。從怪物的角度來看，根本是在空無一物的空間冷不防遭受看不見的即死攻擊。能一擊打倒，就不會被怪物發現。

「我們公會就不能這樣打了。」

「就只是用來偷襲的技能啦……」

「啊，隱形解除了，可以再幫我們重上一次嗎？」

「魔王房裡說不定會出小怪，把沒看過的怪都打一次吧。」

結衣和麻衣能否達成一擊必殺，對戰略有重大影響，能夠承受她們連搥的小怪，基本上不存在。

四人的攻略之路，目前看來是一片光明。

馬克斯對她們重上【隱形】，並對她們施放變化型的陷阱技能，給予會因應攻擊產生護壁的效果。

「話說那隻鰻魚會放電……牠們只是看不見我們，還是要小心範圍攻擊喔。」

「梅普露的那個叫【獻身慈愛】是吧？一般人不會有那種防禦能力，不要只會硬上，多少還是要預測攻擊路線好好躲開喔。」

馬克斯的護壁就是躲不開時的最後防線了。

結衣和麻衣兩個跟梅普露以外的人組隊時，就不能只想著怎麼打中敵人，這是一個很好的練習機會。

「我們就這麼一口氣打到最底吧！」

「要小心點走才行喔，結衣。」

一行人勢在必得地前進時，發現空中除了電鰻以外，還有很多種的魚在游動。走著走著，眼前出現一個大房間，裡頭有一大堆會一邊啪嘰放電一邊在空中留下水帶的魚游來游去。

不難想像若不慎碰到或胡亂攻擊，所有怪物就會同時衝過來。

「怎、怎麼辦……我們很難一次全部打死耶。」

結衣和麻衣的攻擊能力可說是近乎單挑最強，少數敵人也能以範圍攻擊應付，數量多或會分批攻擊時就處於劣勢了。

「我是很想穿過去，但恐怕有困難。」

「怕什麼。疾影，【甦醒】。」

絕德聽了馬克斯的想法後，叫出全身黑毛的狼。

「能迴避戰鬥的並不是只有馬克斯啦。」

發動技能的同時，絕德指示其他三人直直跑向房間另一邊的通道。結衣和麻衣隨之跳上雪見和月見，告訴他準備就緒。

「疾影，走嘍。【影世界】。」

全員正下方隨絕德的指令染成一片黑，就這麼全身沒入地底。三人愣了一下後想起絕德的指示，向前直奔而去。往斜上可以看穿地面，見到先前房裡的景象。途中腳下彷彿受到往上的推擠，愈跑愈接近地面，最後成功在不引起怪物注意下跑進對側通道中。

「哈哈，用這招也可以輕鬆越過陷阱……喂，你有辦法處理嗎？」

「……這個嘛，我也不曉得。」

相較於見到【聖劍集結】成員展示部分強力技能的馬克斯，結衣和麻衣則是單純對那個不可思議的技能感到驚訝。

「好厲害喔！這個技能感覺有很多用法耶！」

「這個技能好棒喔，謝謝你。」

「不用謝啦，打魔王的時候就輪到妳們提供火力嘛。話說回來……」

絕德見到結衣和麻衣面對任何技能的反應都是那麼純真，氣氛和平時攻略地城完全不同，不禁搔起頭來。

「這就是【大楓樹】嗎……」

「呃……我大概懂你的意思。」

偶爾這樣打地城也不壞。絕德就這麼帶著雀躍的姊妹倆，往魔王房邁進。

可利亞和疾影的避戰能力，與難以避免時結衣和麻衣能一鎚打爆怪物的攻擊力，路上並沒有令人苦戰的因素，四人安然來到魔王房前。

「馬克斯，準備好了嗎？」

「嗯，好了。」

「「我們也好了！」」

「好，那我開嘍。」

絕德帶頭進房，見到房間深處有個約十公尺長的巨大鯰魚身纏水團飄在空中，又粗

又長的鬍鬚劈哩啪啦地閃爍電光。

看來這裡的魔王就是這條電鯰。

鯰魚頭上出現血條的同時渾身一抖，將身上的水濺向他們，最後懸空停住。這時鯰魚鬍鬚上的電變得更加激烈，水球也隨之發出電光。

「【遠距設置・土牆】。」

馬克斯有不好的預感而升起土牆阻隔水球，隨後突然轟隆一響，粗大電流串起每顆水球，持續片刻才消失。

「別擔心，我來製造機會。妳們應該有在和莎莉練習怎麼搭配吧？」

「「有，沒問題！」」

絕德和莎莉一樣是速度型，用的又是同種武器，結衣和麻衣不難配合他的動作。她們經常和莎莉一起特訓，至少能看出類似的動作。

「疾影，【影群】！」

絕德起跑的同時，從黑影中叫出許多匹狼。狼群先衝上前去，突襲稍微離地飄浮的鯰魚。然而在造成傷害前，狼群先碰到包覆鯰魚的水，啪啪幾聲受到電擊而消滅。看來纏繞電光的水不僅能供鯰魚游動，也是抵禦物理攻擊的屏障。

「真麻煩……只能用魔法打了。」

若上前去打，絕德也會受到電擊。他擁有以１ＨＰ保命的技能，是能夠以身試險，但回報實在遠低於這個風險。

於是絕德以魔法吸引注意之餘，思考在這個結衣和麻衣難以攻擊的狀況下該如何戰勝鯰魚。他開始往側面繞，好讓鯰魚背對結衣和麻衣時，一道不輸雷擊的巨響爆開來，有個巨物擊中了鯰魚的腹側。

鯰魚大幅扭動掙扎，巨物砰一聲掉在地上，引起些許震撼，還陷入了地面。絕德訝異地往巨物的來向望去，見到麻衣以打擊練習的方式拋起某樣東西，然後結衣用巨鎚準確地打出去。那可怕的威力，讓一旁的馬克斯看得愈退愈遠。

巨物再次伴隨巨響射來。

那是昨晚才終於完工，以遊戲內的物質混合而成，足以承受她們打擊的超硬度謎物質球。

快過投球不知多少倍的第二發，砸在試圖反擊的鯰魚臉上，受傷的鯰魚失去水的力量而落地癱倒。

「絕德！趁現在！」

「拜託了……！」

「好恐怖的蠻力……【七連斬】！疾影，【影群】！」

絕德決定先試試再說，攻擊不再發出電光的鯰魚鬚。所謂數量就是力量，狼群與高速連擊造成紮實的傷害，連擊途中鬍鬚還出現大型傷痕。儘管沒能打倒鯰魚本身，但絕

德猜到電擊攻擊強度將因此大幅下降。這時鯰魚身體又開始啪啪放電，絕德暫時退開。

「她們兩個……就算騎熊也來不及打吧。」

鯰魚倒地時間並不長，而且她們正準備下一次打擊，來不及逃離鯰魚的攻擊範圍。絕德繼續吸引鯰魚注意以免牠攻擊她們，並下達指示。

「麻衣、結衣！可以再來一球嗎！」

「「好！」」

萬一被球砸中就糟了，於是絕德調整位置，將鯰魚夾在中間，專心躲避電擊。他和莎莉不同，不會受點傷就死，利用馬克斯持續設置的土牆，和他給予的減傷效果拖延時間，等待鯰魚下次倒地。

「我這邊……大概有危險。疾影，【影牆】！」

絕德預判下次攻擊，要將被害壓到最底限。當無法迴避的巨大電擊射來時，就用疾影的技能謹慎躲過。

以技能與技術爭取一段時間後，鯰魚又被球打到倒地，摔在地上。

「「這次我們也來！」」

兩人決定把握時間快速上前，跳上雪見和月見一舉逼近。

「「【雙重打擊】！」」

兩人從熊背上躍起並打出的鎚擊，與擊球那樣因力量足夠才打得出傷害的變則攻擊

不同，確實打出攻擊技能應有的傷害。

犧牲一切而換來的破壞力，並不亞於培因和蜜伊。不僅如此，無論是誰都能取得的泛用技能讓她們用起來，都會造成即死級的傷害。

然而鯰魚還留有一絲絲HP而活了下來，全身迸發比過去更激烈的電流。撐住結衣和麻衣威力絕大的攻擊不太自然，讓絕德感到有可怕的事要發生，迅速退開。

「「撐住了？」」

「退後！多半是設計好的！」

兩姊妹在錯愕之中騎回雪見和月見，依照絕德的指示往馬克斯那邊躲避。

三人向背後一瞥，見到巨大鯰魚的放電到達極限，化為好幾道落雷般直達洞頂的光柱，刨開地面往他們衝來。

「【遠距設置．土牆】【遠距設置．護壁】【遠距設置．城牆】！」

馬克斯在逃難的三人背後設置牆堵，希望盡可能減緩電擊的追趕。當他們總算來到身邊，他使出了與伊茲合作時也用過的碉堡。

「【設置．一夜城】！唔唔，這樣還是抵銷不掉……！」

「能撐多久？」

「照這樣看來……三十秒！」

碉堡外只看得見電擊的白光，不知道後方是什麼情況，但也不能坐以待斃。

「不管了，只差一下。反正在這裡也只會被燒成灰，我要拚拚看。真夠麻煩的。」

沒其他方法的絕德衝出碉堡，跳進那場巨大電擊之中。

「【超加速】【極速】【神速】！疾影，【影遁】！」

他爆炸性地加速的同時，以疾影的技能沒入暗影之中。時間雖只有短短幾秒，但足夠讓經過技能加速的絕德穿過巨大電擊。

巨大鯰魚就在前方，這時又有大量電擊傾注而下。但絕德不必再穿過去，直接以土魔法射出石彈。

「唉～幸好牠皮沒那麼厚。」

石彈準確射穿鯰魚的眉心，總算扣光了牠的ＨＰ。

「呼……逃過一劫了。」

「絕德，你還好嗎～！」

「嗯？喔，別在意，我沒事。」

戰鬥結束後，所有人都獲得一枚銀幣。看著開心的結衣和麻衣，絕德希望下次能找個可以輕鬆攻破的地城。

往西的是培因、米瑟莉、伊茲、奏這組，而這四人的交通方式自然是騎雷依飛行。

「絕德他們好像順利攻破地城了耶。」

「果然厲害。這麼快就表示麻衣跟結衣也打得不錯嘍？」

四人的目標是天上的浮島。那大多上不去，只是營造氣氛用的擺設，就只有一個飄浮在可及區域的邊緣。

「只有一個，感覺就是很可疑。」

「就是啊。不過……果然來了。」

可及區域的邊緣，當然是位在地圖邊緣，空中也有強力怪物出沒。不出四人所料，正前方有群長了蝠翼，頭上有兩根彎角的惡魔型怪物接連飛來。

「在地上也看過，是會召喚部下的那種。怎麼辦？」

「我們距離浮島不遠了，只要有一點點機會就衝得過去。」

「知道了，那就衝過去嘍。湊，我們上。【催眠泡泡】【麻痺尖嘯】。」

魔導書迸出電光般的特效，噴出無數七彩泡泡，而湊也會使用奏的技能。儘管技能成功率不是百分之百，仍有許多惡魔遭到麻痺或催眠而一一墜落，開出通往浮島的路。

「雷依，【流星】！」

四人所騎乘的雷依全身發出光輝，急劇直線加速。培因要利用這個衝鋒型技能，彈開試圖接近的怪物，高速衝上浮島。

結果比預想順利得多，雷依瞬時甩開周圍怪物，浮島就在眼前。

「後方交給我們來牽制！」

「你的技能專心對付前方的怪物就好！」

伊茲和米瑟莉負責驅趕追來的怪物，培因和奏繼續掃除剩餘的怪物。

「好，可以降落了。」

平安抵達浮島後，培因將雷依恢復原來大小，觀察四周。他們是降落在浮島邊緣，地形開闊得有如在暗示玩家在此降落似的。浮島本身並不大，幾分鐘就能走到另一端。

「看來只能往前面的樹林走了。」

「是啊，我們小心一點。」

四人以培因帶頭，在樹林中前進。這座樹林似乎沒有怪物出沒，可見有別於其他地方。

「真可疑，會不會有藏機關呢。」

「不，看起來還滿明顯的。妳看那邊。」

奏所指的是巧妙地藏在樹林裡的破舊建築。

「洋樓啊……」

「真的是洋樓呢，進去看看？」

「當然，也沒其他方法。」

四人推門入內，見到一座門廳，中央有個像是用血畫成的大魔法陣，存在感異常強烈。

「好快。這麼好認真是太省事了。」

「有可能是陷阱，我先準備免傷跟補血。」

後援準備妥當後，為攻略地城而來的四人沒有不進魔法陣的道理。擔心似乎是多餘的，四人身上發出熟悉的光，開始傳送。等到光芒退去，睜眼見到的是石磚鋪成的人工通道，背後就是牆，路上沒有岔路，簡單明瞭。

「只能先前進了吧。」

「是啊，沒有怪物的動靜。」

近戰能力高強的培因帶頭走了一段，來到有三道門的寬敞空間。門上各刻有劍、杖、槍的圖案，無疑是在暗示些什麼。

「嗯，這是……」

「應該是指怪物的類型沒錯吧？」

「我也是這麼想，那麼選最容易處理的說不定比較好。」

四人討論過後，選擇的是劍門。

門後是沒有障礙物的競技場，一個穿甲戴盔，手持巨劍的怪物待在另一端。

「看來猜得沒錯，裡面的怪物跟圖案相對應。」

「嗯，而且既然只有一個，那就更輕鬆了。」

沒錯，這組的戰略就是以培因主攻，讓擅長後援的三人上盡所有強化效果來製造一騎當千的玩家。支援範圍從移除異常狀態到復活、掩護射擊等，極為充足。

「在這樣的情況下我可不能輸，我一定會達成任務。」

培因就此拔劍面對怪物。

首先為了確認戰略是否有效，三人開始提升培因的能力。沒有弱化怪物，用的也不算稀有技能，對單獨一人給予如此大量的支援也夠破格的了。培因確定準備完成後，在敵人動作之前主動出擊。

「雷依，【聖龍吐息】【碎敵聖劍】！」

雷依吐出的眩目光流不僅造成傷害，還沖得怪物失去平衡。

培因霎時貼近揮劍，深深斬過他的軀體，並向橫躲開巨劍的反擊，再從肩砍到腹部。怪物雖也憑怪力將那把只要砍中就恐怕要受重傷的巨劍揮得呼呼響，但那全都被培因擋下或閃過，傷不了他半分。

就算沒經過強化，以同樣用劍來說，這個怪物和培因也顯然有層次上的差異。

「【斷罪聖劍】！」

劍隨培因的呼喊噴射光輝一斬而下，將怪物的上下半身分成兩段。培因就這麼無驚無險地從頭壓制到尾，斬殺了眼前的劍士。

「超乎想像呢……」

「感覺跟高塔十樓的魔王很像耶，真的好強。」

「看樣子，他可以只靠我們的ＢＵＦＦ打到人數真的差太多為止。」

三人重新體會培因的強大之餘，隨他穿過競技場另一邊的門。這次的房間有兩道門，一邊是刀，一邊是弓。

「要選哪邊？」

「選刀吧，比射程遠的好打。」

決定對抗用刀的怪物後，四人開啟了門。門後同樣是競技場，裡頭有個日本武士，以拔刀術架勢站在裡頭。

「這樣啊。我要趁ＢＵＦＦ還在的時候打贏他，後援交給你們了。」

「那當然。」

「隨時可以開打喔。」

「我準備好補血了。」

聽他們這麼說，培因便一手持劍一手持盾接近武士。他架穩盾牌保護正面，在進入對方劍圍的瞬間，武士以肉眼不及的速度拔刀了。劍與盾沒能保護到的手臂和肩膀迸出傷害特效，擊退效果還使他退了一大段。雖然傷害有米瑟莉立刻補滿而不是問題，不解決擊退也不好打。

「很好，果然跟剛才的劍士不同類型。」

「那就照計畫來喔。」

「好，就這麼辦。【不動】！」

培因使用暫時免疫擊退的技能，舉盾突襲。

「湊，【重力牢】。」

「菲，【定身草】。」

既然對方保持拔刀術架勢不動，需指定位置的魔法就容易擊中了。奏讓湊設置大幅降低移動速度的力場，伊茲布下進入範圍就會妨礙其行動的植物，讓武士怎麼也無法逃離培因的攻擊。

培因直接逼近，武士又揮出看不見的刀。然而培因無視於此，將劍往上高舉。身上當然因此深深中了一刀，但他仍劈下了他的劍。

「【痊癒之光】！」

培因這邊有人數優勢，沒有不利用的道理。

一般而言，假如培因無視擊退效果不斷貼身攻擊，最後恐怕是攻速較高且擁有怪物血量的武士會獲勝。但現在有米瑟莉在，不會有這種事。米瑟莉的治療使培因能持續重擊而不倒下，絕技被強力玩家以ＨＰ封阻的怪物毫無勝算。

「【破牆聖劍】！」

伴隨光輝劈下的劍在武士防禦之前就砍進他的脖子，使他化為光而消失。

這四人這樣組隊，為的就是讓原本戰力就堪稱一騎當千的培因更加強大，怪物隻身對戰當然不是他的對手。

「好，下一關。敵人人數要開始增加了吧。」

四人就這麼趁早迅速過關斬將，往下一道門前進。

從結論來說，敵人果然是變多了。兩個變三個，三個變四個，有些時候比培因一行人還要多。

可是那全都沒有意義。怪物全都是培因可以單獨撂倒，其他人只要專注於幫他提升能力和妨礙怪物就好。人數變多以後，後援的三人只要拿出一點攻擊能力即可處理。

房間變得到處是炸彈和一本又一本的魔導書，所有人都需要攻擊與防禦，廣域強化法術和廣域治療的存在感大增。無法突破最頂級的近戰玩家就摸不到這些瘋狂攪局的後援，這對路上怪物來說實在太沉重了。

「呼，終於要打王了。房間比想像中多好多喔。」

「就是啊，到底會是哪種魔王啊？」

「從路上那些怪實在很難想像。目前都只有人形怪，王大概也是吧。」

「進去就知道了啦。嗯～能輕鬆幹掉就好了。」

四人召喚各自的魔寵，開門進入魔王房。

裡面是長方形房間，從入口向前延伸很長一段。最深處有塊充滿精細裝飾的長方形巨大石板懸空飄浮，隨著四人背後的門關上，石板上方出現血條。當他們為意想不到的對手吃驚時，石板周圍浮現雕在路上那些門的圖案。

而且全都屬於他們沒走的路線，光看圖案就知道那表示魔法師、弓手、砲手等專司遠程攻擊的角色。爾後圖案忽然一亮，相對應的怪物蜂擁而出。

「……這樣啊。」

「會遠程攻擊的來了一大堆呢。」

「那就只能用那個戰術了。」

「我來爭取時間喔。」

奏單獨上前，取出一本本魔導書。

「【麻痺粉塵】【大浪】【黏彈】【魔力干擾】。」

他迅速選擇當下最有效的魔法淡然施放，而且是自己儲存的魔導書，不是湊那些效果打折扣的書。灑下麻痺，喚出有擊退效果的大浪，並將朝他們衝來的不少近戰型怪物黏在地上。

對於後方的魔法師，則用能夠削減魔法威力與射程的技能加以阻撓。

「啊～那塊石板每隔一段時間就會叫人耶……」

說什麼都要擋下來才行。於是他使用更多魔導書，妨礙對方接近。

「【大型魔法屏障】！湊，那邊也放【大型魔法屏障】！」

抵擋近戰型怪物的途中，仍不斷增加的後方怪物也射來大量魔法、箭矢與砲彈，而奏和湊合力展開的雙重屏障將攻擊全部穩穩擋下。

這時，培因需要準備時間的技能終於發動。

「【聖龍光劍】！」

他和蜜伊曾在【大楓樹】據點迎擊怪物時使用的這一招，單純是威力絕倫的大範圍攻擊，具有簡單粗暴的強悍。他們的絕招就是用這一招定江山，面對會召喚大量怪物的石板尤其合適。

在狂亂的光流與衝擊波轟散怪物時，四人趁光輝尚未止息跳上雷依的背，以【流星】一口氣逼近石板。

「還要繼續追擊呢。」

後援組的三人也不忘從道具欄拿事先分配的炸彈出來灑。

雷依撞傷石板後，眾人各自展開攻擊。石板是專門快速召喚玩家曾經避開的怪物，本體只有幾種還過得去的魔法可以迎擊，無法攻破米瑟莉的治療，HP狂掉。

自身缺乏戰鬥力的召喚型，沒機會打贏能一擊殲滅其召喚物的對手。

「【斷罪聖劍】！」

「【聖矛術】！」

「菲，【道具強化】【再利用】！」

「【龍捲風】！」

石板覆滿各種華麗的攻擊特效，也被培因強力範圍攻擊轟中，從頂端往下裂開，最後啪一聲崩潰。

「是戰略的勝利？」

「剛好也相剋。這房間的形狀正好適合我的技能。」

「看到那麼多魔法師和弓箭手的時候，我還有點慌呢，最後還是痛快地打贏了。」

「是啊，真的有夠強。」

隨後一道通知聲響起，培因幾個也成功獲得銀幣。

距離日落還有點時間，四人啟程尋找下一個地城。限次數的強力技能每天都會重置，能在跨日之前全部用完是最有效益。

四人又回到了先前的洋樓。

往南的是多拉古、辛恩、克羅姆、霞等四人。當然這組也有可以同時運送四個人的手段，而那就是霞的小白。霞使小白【超巨大化】，往第一天【大楓樹】傳送到的沙漠方向前進。路上搜了幾個莎莉在地圖上標記的可疑地點，但全都不幸撲空。南方景點很密集，探索起來很方便，可是莎莉的標記卻很少。

將探索價值高的地方都搜完以後，考慮到有些地點可能比較隱密，便來到莎莉沒發現可疑地標的廣大沙漠。

「有可以騎的魔寵移動時真的好方便喔，像培因的龍也是。」

「我們家的蜜伊也在說能飛真好呢。」

「機動力會關係到打寶打技能的速度嘛……有沒有可疑的地方啊……」

「沒有耶。走其他方向的小組好像都打得很順利……」

四人先前都收到了獲得銀幣的通知。

這讓他們也很想拿出成績，在小白頭頂上觀察四周，見到遠方閃現魔法特效，似乎有玩家正與沙蟲或惡魔等怪物交戰。

「地圖邊緣好像還是有玩家耶。」

「想的都是一樣的事吧。這片沙漠那麼大，會覺得有東西也是當然的。」

繼續前進一會兒後，天候突然惡化，颳起強烈沙塵暴。四人提高警覺，但即使位在地圖邊緣處，也沒有之前那些滿地爬的惡魔型怪物接近。克羅姆身為坦克，比誰都更戒備，可是始終沒有怪物在接近的感覺。

「這沙塵暴很可疑喔……霞！我們先下去吧！」

「好，下就下。」

覺得有蹊蹺的四人暫且讓小白恢復原來大小，開始徒步探索。

「這場沙塵暴也太大了，只能看到前面一點點。」

「先在周圍散布【崩劍】好了，這樣有怪物接近的話就能早點發現。」

辛恩發動【崩劍】，分裂的劍以他們為中心繞起大圓。若怪物不是太小，無論從前後左右哪個方向襲來都會撞上【崩劍】，可降低偷襲的可能。走了一段以後，【崩劍】有反應了。

「喔，撞到東西嘍……感覺不是怪物。」

「那就往那走吧。應該有東西吧。」

四人改變路線，發現沙塵之中有個埋在沙裡的岩堆，岩縫間似乎有條往下的通道。

「下去看看吧。這次好像總算是了。」

「好，我們走。雖然小白不能在這麼窄的地方巨大化，也只能忍著點了。」

穿過岩縫往下走之後，他們來到不時能聽見落沙聲的地底空間。地面是沙地，儘管腳不會沉下去，還是有點難走。

「喔，看來真的中獎了。讚啦。」

「總之我走第一個。」

「嗯。克羅姆，看你的嘍。」

「會跑出什麼來呢……」

克羅姆才帶頭踏出一步，腳下的沙裡就嘩一聲跳出一隻大蠍子，在所有人擊中牠之前螫一下克羅姆就鑽回沙裡去。

同時克羅姆身上迸出特效，告訴他先前跟伊茲拿的道具替他承受了一次即死攻擊。

「靠，不會吧！那隻蠍子有即死攻擊！」

「先避難一下比較好吧！」

「全都到這上面來，跟地面保持距離。」

辛恩跟著將分裂的劍飄浮在每個人腳前給他們踩。多拉古有些遲疑，而經常和梅普露相處的克羅姆和霞一點也不介意，都踩到劍上暫時避避風頭，開起作戰會議。

「辛恩，你這招還能這樣喔？」

不知情的霞指著腳下的崩劍說。

「是之前梅普露給我的靈感啦。我還想過很多飛劍的用法喔。」

「那麼現在怎麼辦？雖然有伊茲給的抗即死道具……可是總不能在小怪身上就全部用掉。」

「沒問題，交給我來辦。只要知道沙裡的蠍子在哪就好了吧？」

多拉古這麼說之後叫出厄斯。厄斯是岩石魔像，擁有多種與地面相關的技能，當然可以應付這種狀況。

「厄斯，【地震】！」

他喊出最簡便的方法，只見厄斯撼動地面，沙地幾處跟著跳出傷害特效，無非是表示底下有東西。

「辛恩，趁現在。你的劍可以很安全地幹掉牠。」

「好！」

辛恩操縱不在他們腳下的劍，射進迸出傷害特效的沙底下再拉回來。

每個果真都刺起一隻黑漆漆的蠍子，牠們掙扎著扭動幾下就啪唧一聲消失了。

「幸好血不多。要在沙子上走的話，都只能乖乖先用這招清場了吧。」

「沒辦法。搞不好打王也很難搞呢。」

從路上小怪有即死攻擊來看，可以想見魔王也不是省油的燈。

「有方法能處理就不錯了，而且幸好剛才被刺的是克羅姆。」

假如換個人，說不定就要莫名其妙遭到淘汰了。而即使重新體會到深入地城的危險，四人仍然繼續前進。

之後一段時間，都是能撼動大範圍地面的厄斯和多拉古震起蠍子，其餘三人幫忙擊殺，確保安全地前進，最後總算來到沒有沙的地面。

「呼……太好了，到這裡就能喘口氣了。」

「哎呀，那些蠍子真的有夠麻煩的。我不想再走沙地了……」

「真的是被【崩劍】救了一命。感覺上大概走一半了吧？」

「從變成岩石來看，應該是告一段落了。」

可以稍微放鬆對腳下的警戒，大幅提升了他們的行進速度。眾人隨著克羅姆走了一段後，新怪物出現了。

「喔，這裡換蛇啊。從岩洞裡爬出來了呢。」

「反正不是毒就是即死吧，趕快宰一宰。」

蛇的ＨＰ似乎也不高，四人都理解到這座地城多半是以偷襲與即死為中心概念。

「會搞到神經衰弱耶……」

「我們趕快到魔王那去吧……又怎麼了？」

帶頭的克羅姆一轉彎，就發現岩壁上開了幾朵花。現在他們會把所有物件都當作有即死攻擊，根本不想刺激到這些花，小心翼翼地悄悄通過。然而冒險總是沒那麼稱心如意，爬出岩洞的蛇碰到了花。花立刻響起不像是植物會發出的鈴聲，大量的蛇隨即爬出岩洞。

「啊，可惡！都故意躲掉了說！」

「韋恩，【風神】！」

為打倒大舉逼來的蛇，辛恩被迫射出風刃。那當然會觸動其他的花，但眼下得優先解決這群蛇。他讓【崩劍】在周圍快速盤旋，一一斬殺接近的蛇。

「幫我打會鑽進來的蛇！我沒辦法控制得太精密！」

「總之我先推回去再說！【土石浪】！」

「涅庫羅，【死亡火焰】！」

「【血刀】！」

為了避免蛇吻，所有人都用能攻擊複數目標的技能彌補數量上的劣勢。與其盲目逃跑，不如站穩腳步全力迎戰的想法看來是一點也不錯，他們成功消滅了所有的蛇。這場不同以往，一擊也不能受的戰鬥結束時，所有人都放心地吁口氣。

「趕快去打魔王吧，這裡的路好累人。」

「我同意……」

於是四人趁花朵再次觸動之前趕緊離開這裡，繼續前進。

或許是願望成真了，魔王房離那裡並不遠，處理掉幾批蛇就來到了平時也經常見到的那扇門前。

「那我要開嘍，可以嗎？」

「好，沒問題。」

「開吧，都準備好了！」

「我也是隨時可以開始。」

獲得全員同意後，克羅姆頭一個衝進魔王房。洞頂幾個位置有沙不時流下，在底下堆成沙丘，整個房間地面也鋪了一層沙。四人聚在一起觀察了一陣子也沒有東西跳出來，覺得很奇怪。

「什麼都沒有……嗎？」

「不是吧，裡面那些沙丘感覺就是有藏東西，超可疑的。」

辛恩不管看到什麼都不想親身接近般直接射出崩劍，挖出沙丘裡的東西，霞跟著用技能查看。

「【望遠】……那是人骨嗎？不，裡面有東西。水晶組成的蛇跟……蠍子？」

發現頭骨裡閃亮亮的東西是全身布滿水晶的蛇和蠍子時，牠們爬出頭骨，躲進了沙丘裡。

同時路上那種蛇和蠍子從沙丘裡大量爬出來。

「「「「又來啦！」」」」

不希望成真的預測成真了，四人齊聲大叫。

魔王肯定就是那兩隻水晶蛇蠍，但在打倒牠們之前，得先處理這堆有即死攻擊的小嘍囉。

在這個不想在魔王房見到的東西傾巢而出的狀況下，四人懷抱必死決心舉起武器。

「蠍子肯定比較麻煩，我跟辛恩來殺！蛇就拜託你們了！」

「「好！」」

「【土石浪】！厄斯，【地震】！」

「韋恩，【風神】！【崩劍】！」

多拉古搖撼大範圍地面，一口氣傷害大批蠍子，併用擊退技能將牠們從沙中打出來。

辛恩以【崩劍】將劍分裂到最大限度貼地橫掃，一口氣殲滅。

「【死亡火焰】！」

「【武者之臂】！【血刀】！」

克羅姆稍微上前吸引敵人，噴射火焰燒掉一大片，而霞和辛恩一樣橫掃液狀的刀，斬除剩餘的蛇。然而沙裡很快又湧出大批蛇蠍，沒完沒了。

「我這是用技能在打喔！這樣下去遲早會有全部都在冷卻的時候！」

「那兩隻水晶的應該就躲在某個地方！牠們是魔王沒錯吧，不找出來不行！」

霞和克羅姆的範圍攻擊都無法不間斷地使用，辛恩雖能將劍分裂開來多方處理，一個失誤就全部崩盤也不奇怪。

「嘖！沒辦法，只好用絕招了。厄斯，【大地之怒】！」

多拉古一對厄斯下令，地面就發出幾乎涵蓋整個房間的紅光，刺出無數尖銳岩錐。整間房的蛇蠍都不由自主地被頂出來，刺成蜂窩。

「找到了，在那裡！」

「好，看我的！」

霞很快就環視房間找到水晶蛇蠍的位置，辛恩的劍蜂擁過去一陣連斬。

「怎麼樣！」

「小心，還沒完的樣子！」

受到一定程度的傷害後，水晶蛇蠍雙雙脫離岩錐又潛入沙中。四人為下一波蛇蠍海戒備，但沙裡什麼也沒爬出來。

猜想又有什麼變化時，他們見到房間深處的沙丘開始蠢動而轉身。還以為下一刻就會噴出鋪天蓋地的蛇蠍，結果兩座沙丘就此固結成形，最後變成比人還大的沙蛇沙蠍。額頭部分露出水晶蛇蠍的小部分身體，之前滿地爬的蛇蠍也在牠們成形時全部消失。

魔王怪的拿手好戲，隨ＨＰ下降而觸發的變身機制出現了。

四人原本還很緊張，現在卻總算等到你來送死似的舉起武器。

「這樣就能正面硬殺啦。」

「我來拉住，你們找機會用力打。」

「先殺蠍子吧，牠的攻擊好像特別麻煩。」

「好，現在我的【武士之臂】好打多了。」

看著ＨＰ所剩不多，但終於有點魔王樣的沙蛇沙蠍，四人也開始有打魔王的感覺，起腳奔向前去。

「【嘲諷】！涅庫羅，【反射衝擊】！」

「【裂地斧】！」

克羅姆吸引沙蠍注意並逼近。沙蠍很典型地用雙螯和尾刺攻擊，還像多拉古那樣從地面刺出尖銳沙錐。但克羅姆不斷反擊與抵擋，即使刺傷他也趕不上他的補血速度。

多拉古在克羅姆托住沙蠍時劈開沙蛇周圍地面，阻礙其行動。

這當中，霞和辛恩掠過克羅姆兩側，目標是一眼便知是弱點的本體外露部分。

辛恩令所有劍瞄準一點高速射出，霞伴隨武士之臂三刀齊出。所有攻擊帶著啪鏗尖響刺穿水晶本體，剛塑造的巨大沙體嘩啦啦地崩潰。

「搞什麼，也太簡單了吧。」

「換下一隻。」

「喔，這個不用繼續拉也能打吧？」

其餘三人也加入已經在打沙蛇的多拉古，最後牠也很快就落得和沙蠍一樣的下場。

最後的梅普露、莎莉、蜜伊、芙蕾德麗卡這組是往北走。

交通方式有糖漿、伊葛妮絲和暴虐梅普露能選，最後還是選擇速度快又沒有不可逆變化的伊葛妮絲。

「啊！又收到銀幣了！大家都好快喔……」

「而且地城好少，唯一的那個還什麼也沒掉。」

「打起來那麼簡單，也難怪沒掉了。」

「簡單也是因為有梅普露在吧～？【獻身慈愛】的防禦力那麼高，直接就能完封某些魔王了～」

「不過至少也知道那不是萬能的了……都一起打那麼久了嘛。」

梅普露的技能很看對象，不是大好就是大壞，像【毒龍】和【機械神】對上抗毒能力高或皮厚的怪物幾乎沒效。雖然梅普露全點防禦也能打出不差的傷害，但沒有方法能繼續提升。在第七階時蜜伊也提過，隨著所有人的攻擊能力逐漸提高，梅普露的傷害會顯得普通。

「話說回來～妳有那種傷害就已經很奇怪了啦～」

「是嗎？」

「是這樣沒錯。」

「啊，連莎莉都這樣～！」

「有這麼可靠的會長很好啊。」莎莉笑嘻嘻地說。能這樣開心聊天也不怕，是因為梅普露常駐【獻身慈愛】的緣故。

「所以現在怎麼辦？我們已經把莎莉在北邊標記的點都繞完了……」

「只能從空中尋找特別的地形了。地圖本來就很大，不太可能全部看過。」

莎莉也只是在預賽時順便作標記而已，重點還是賺分數進入複賽。

「那就只能一個一個找了。嗯……這樣很累吧？」

「嗯，是滿累的。」

「好了啦～趕快決定到底要怎麼樣嘛～」

「那我們就下去看看吧。在天上看不到地上的細節，而且也不會有不小心跑進地城

的事。」

梅普露幾個也贊成，蜜伊便讓伊葛妮絲降落。周圍隨即有沙沙聲接近，第二晚很常見的獨眼四腳惡魔衝了出來。

「啊，假梅普露來了～」

「咦！我、我嗎？」

「嗯，我懂她的意思。」

芙蕾德麗卡稱為假梅普露的怪物揮舞爪子對她猛抓，但在梅普露保護下完全無效。

「能在外面安心走動真的好方便喔～」

芙蕾德麗卡用法杖在怪物頭上叩叩叩地敲，忽然間蜜伊【炎帝】的火球從旁飛來，將怪物燒個精光。

「不是要加快探索嗎？」

「好好好～我也會加油的～」

「我也是～！【全武裝啟動】【開始攻擊】！」

為了不遮擋她們的視線，莎莉退一步看狀況。

既然她們不會受傷，變成單方面的蹂躪也是沒辦法的事。

就這麼邊打邊走一段時間後，蜜伊注意到一件可疑的事。

「這邊的怪物有點多耶。」

烈。

「不是因為靠地圖邊緣嗎～？」

「……不，真的有比較多的感覺。」

她們曾在攻略前一個地城的途中調查過地圖的另一端，遇襲的頻率真的比那時還激烈。

「是因為有什麼嗎？……怪物製造機之類的！」

「拜託不要。不過或許真的有些什麼，我們在這附近找找看吧？已經很晚了，搞不好是最後的機會。」

所謂天有不測風雲，還是早點回據點比較能安心。熬夜到第三天連續探險，表現一定會下降，必須避免。

考慮到這些因素，是差不多該結束探索撤退了。與其再花時間找別的地方，不如將這裡徹底搜一遍。

「那我們就來找怪物為什麼特別多吧～！」

「嗯～希望一下子就能找到～」

蜜伊和莎莉戰力十足，基本上只要在【獻身慈愛】範圍內迎擊，整場探索都會是輕輕鬆鬆。隨著擊殺一隻隻怪物，到處尋找怪物大量聚集的地點，她們的懷疑逐漸變成肯定。

「真的耶，這裡特別多喔！」

「是啊，肯定有問題。」

她們來到怪物最多的地方，從林縫間發現一個像傳送門的圓形紫光浮在半空中的渦漩。

不只有多種惡魔型怪物從門中走出，就連梅普露在預賽時遇到的恐龍或大鱷魚都有。

「感覺……不太像是地城耶。怎麼辦啊，莎莉？」

「嗯，氣氛是不一樣沒錯啦。」

「不過事實上是怎樣沒人知道，既然有梅普露在，就能過去摸摸看了吧～？」

「試試看也沒損失。」

「可是那裡有很多種怪物，有的說不定會穿透攻擊喔。」

都來到這裡了，沒確定真偽就回去未免太可惜。

「唔，也對。嗯……啪一下過去卻不能啪一下逃走的話，感覺很恐怖……那就用飛的吧？」

「騎伊葛妮絲？這裡樹很多，不繞過去的話……從這邊應該不行。」

「用飛的？梅普露，妳說那個？」

「嗯！就是它！」

梅普露拍拍自己背上雄偉的武器。莎莉覺得可以而欣然接受，芙蕾德麗卡和蜜伊也

因為莎莉接受而接受。她們猜想，這麼誇張的武器具備飛行能力也不奇怪。

「既然飛得過去，我是無所謂。」

「那妳們抱緊我喔。」

「嗯？嗯～這樣？」

「這、這樣行嗎？」

三人環抱梅普露，梅普露也從道具欄取出繩子將她們捆住。

「呼……好。可以了，梅普露！隨時可以出發！」

「為、為什麼這麼誇張……啊！該不會是公會戰的時候從空中掉下來的那個……」

那種算不上正常飛行的爆炸，在芙蕾德麗卡的腦海中閃現。

「【開始攻擊】！」

「很、很恐怖嗎？呀嗚！」

梅普露背上的光束兵器充填到超過限度而爆炸的同時，那衝力使她們砲彈似的穿過樹木之間，直線衝向紫光。

紫光真如外表一樣是個傳送門，還很親切地在梅普露幾個穿過去之後幫她們減速，在另一邊輕輕著地。

「到站～！時間雖短，但還是感謝各位的搭乘！」

「原、原來是這樣～我就沒辦法這樣飛了……」

「……難得有這麼不讓人羨慕的機動力。」

「呼，我也很難習慣。」

「莎莉妳那麼鎮定，一定覺得很平常吧～！」

「梅普露平常就那樣啊。」

「我不是說那個啦～」芙蕾德麗卡貧嘴歸貧嘴，她仍記得自己剛穿過傳送門，很快就收心了。這裡可是不停吐出怪物的神祕傳送門另一側。

「目前看起來是沒什麼奇怪的東西……」

四人來到一個寬敞空間，暗紫色的牆和地面不時蠢動，看得出不是什麼正常的地城。

「幸好沒有一過來就滿滿都是怪物。」

「是啊，我們慢慢繞一遍吧。」

梅普露一行就這麼往地城最深處邁進。

通道有很多分岔，四人忽左忽右地走，路上綽號假梅普露的熟面孔惡魔和彎角蝠翼惡魔來個不停。他們似乎有某種方法能偵測看不見的玩家，即使站著不動也會主動殺過來，但那都是送命而已。

「有梅普露在的話，根本不可能輸給這兩種怪呢。」

「完全是肥滋滋的經驗值～真好吃～」

「伊茲給了我很多ＭＰ藥水，不用擔心！」

「……地城裡有這種怪，所以這是第二天以後才會出現的地城嗎？如果預賽就有，這種紫色的傳送門應該超顯眼才對。」

蜜伊雖然不像技能大多有次數限制的梅普露那麼需要注意，但ＭＰ消耗率還是很差，每打倒幾隻怪物就得拿ＭＰ藥水出來灌。

莎莉也幫忙斬殺怪物，繼續往深處前進。由於梅普露能力極端，不是讓整個地城失去戰力而能輕鬆攻破，就是打起來非常艱困。這次的地城算是前者，不過它也不是只會派怪物去騷擾她們，走了一陣子之後她們又遇到起點那樣的寬敞空間，牆壁不像以往都是紫色，多出好幾個白色囊包。

「嗯……牆上有一坨坨白色的東西耶。」

「打打看嗎？」

「不要好了，不曉得會跑出什麼。」

「看來不需要我們動手，他們自己就會過來呢。」

蜜伊指著一個突起說。說得具體一點，那就像是某種蛹或繭，隨四人接近而裂開，有怪物從中爬出來。

量多得讓梅普露和莎莉想到高塔的怪物海房間，立刻對芙蕾德麗卡和蜜伊下指示。

「先挑武器尖尖或有角的打喔！」

「只要不會穿透攻擊就沒事了！」

「這樣啊，說得也是。知道了。」

「這樣就能持續往前推進～找那種特徵也很簡單。沒問題沒問題。」

在這一大群惡魔型怪物中，帶長槍型武器和具有尖牙利爪是第一順位，而肌肉異常發達，怎麼看都是威力型的怪物就留到最後。由於他們無法用蠻力突破梅普露的防禦，因此排的順位很低。

「【炎帝】！伊葛妮絲，【續火】！」

「朧，【火童子】【渡火】！」

兩人的技能使火焰呼喚更多火焰，延燒所有怪物。怪物愈多，連鎖傷害型的技能就愈能發揮價值，對上擠滿整個房間的怪群，效果十分壯觀。

「【毒龍】！」

「梅普露真的很適合打群怪耶……」

她的防禦力可以隔絕所有不具範圍攻擊或有效攻擊的敵人，周圍有其他玩家協助還會更凶惡。無論如何，她的本質和特長仍是防禦。

只要打倒能穿透防禦的怪物，其他怪物再多都會變成垃圾時間。不用MP以節省資

源也能打出傷害的莎莉，將怪物一一擊殺。

「呼，清光了。」

「辛苦啦，莎莉！這麼多也完全沒問題耶！」

「嗯。多虧有妳，打得很輕鬆。」

「嘿嘿嘿，這樣啊～？」

「又能繼續前進了。照這情況來看，到魔王都是一路暢通吧。」

「是啊～來，出發出發～」

一行人小心注意著【獻身慈愛】的範圍繼續走，通道牆上的白色囊包已經成了標準配備，怪物的密度也比第一個房間高。

「啊，對了！在換日之前……【暴虐】！」

梅普露注意到這天就快結束便發動技能，既然是在地城裡就不會浪費了。使用【暴虐】，使得先前都只是偶爾灑灑致命毒液或噴噴光束砲，算是比較安分的梅普露正式加入戰鬥行列。

「啊，真梅普露耶～」

「真是什麼意思！妳說！」

「霞的小白也是這樣，果然尺寸就是正義呢……」

梅普露張開巨大的嘴，帶頭往前跑。【暴虐】的尺寸當然是無法調節，需要壓低姿勢才能在通道裡面走，但這也表示她會變得怪物無法從兩側鑽過去那麼寬。

梅普露咔咔開閉的嘴將正面衝來的怪物全都劃進嘴裡大嚼特嚼，尚存一口氣的怪物好不容易從嘴裡爬出來，卻又被梅普露的六條腿痛踩一頓，等她們離去時已經變成破抹布一條。

「【多重風刃】！」

但會用魔法的其他人不會因為怪物活過梅普露的踐踏就放他一馬，同樣是確實地給致命打擊。

「用這個型態真的是單方面虐殺呢。」

「就是啊……一般而言，玩家也不會有什麼型態不型態的……」

梅普露就這麼不時吐吐火，到處蹂躪怪物，不出所料地很快就來到魔王房前了。

「換不同公會來打，打法就不一樣了呢～」

「我敢保證，只有梅普露能這樣搞。」

【大楓樹】並不是所有人都這樣，雖然有些人也開始有這種味道，但遠不至於如此。

「開門嘍～？」

「嗯，進去吧。」

梅普露用頭推門進房，房裡有大量會爬出怪物的白色囊包。最深處還有一個比先前

每一個都還要大，完全可說是繭的白色橢圓形團塊。

巨繭在四人進房的同時啪喀裂開，紫光四射，爬出一個怪物。他有十幾隻手腳，每隻手腳都有又彎又長的尖爪，頭上沒有臉孔，背上有皮膜襤褸的翅膀，像是芙蕾德麗卡稱為假梅普露的那種怪物的違法改造版。

「真假梅普露耶～！算是真假梅普露吧？」

「少耍白痴了，開打了啦！」

「好，我全力以赴。」

「各位，來嘍！」

魔王完全抽出繭中的翅膀猛然一拍，扭動鉤爪朝四人撲來。

長長的手向後一擺，像橡膠一樣暴伸而來，從兩側襲向她們。

「【多重屏障】！音符，【輪唱】！」

芙蕾德麗卡在自己和蜜伊面前設下屏障。莎莉無疑是躲得開，梅普露體型太大保護不了她，放這裡最好。

「唔，好強……！」

那手臂的威力高得超乎想像，一一擊毀芙蕾德麗卡的屏障，不過能拖慢速度就夠有用了。

「【焰火飛馳】！」

蜜伊瞬時衝到芙蕾德麗卡身邊，抱起她脫離鉤爪攻擊範圍。

「NICE啦，蜜伊！」

「不要鬆懈喔。」

莎莉如芙蕾德麗卡所料，理所當然閃開攻擊。梅普露因為體型巨大而無法逃離，被抓個正著。

來自兩旁的每一根鉤爪都在梅普露的外皮抓出傷痕，傷害特效狂跳。

那雖不至於解除【暴虐】，但只是早晚的問題。

「唔唔，這全都會穿透防禦……！」

「先把他打下來！蜜伊、芙蕾德麗卡！【冰柱】！」

「伊葛妮絲，【不滅烈焰】！」

「來了來了~【多重重壓】！」

芙蕾德麗卡對持續攻擊的魔王使用魔法，拖慢他的動作。

莎莉從左，蜜伊從右騎伊葛妮絲一口氣取得頭上空間發動攻擊，要將他打在地上。

「【五連斬】！」

「【炎帝】！」

在魔王頭部落腳的莎莉發動技能，從頭直接砍到背部，再翻滾著竄到背後。蜜伊利用伊葛妮絲的機動力躲避鉤爪並予以反擊，那傷害將魔王擊落地面。

梅普露就等這一刻般撲過去還以顏色，啃咬他的手臂並撕裂他的翅膀。

但魔王也不會默不吭聲，鉤爪抓得梅普露皮開肉綻，口吐紫色光線灼燒她的外皮。

「「「……………」」」

彷彿同類相殘的畫面讓三人不禁一愣，隨即為梅普露助拳。

在她們的援助下，梅普露對魔王造成更多傷害。魔王一被她們打退，就會被六條腿穩穩抓住，遭到熱線般的火焰迎頭澆灌。【獻身慈愛】使得巨大的魔王就算瘋狂掙扎，三人也能放膽幫手。

然而或許是魔王想爭一口氣吧，在梅普露咬死魔王之前，魔王先撕開了【暴虐】。梅普露掉到地上，體格瞬時出現巨大差距時，魔王還要把她壓死般移到她上方。梅普露大方讓他壓，可是見到魔王腹部有一部分快速扭動長成尖刺而睜大了眼。

「啊，那個，【抵禦穿透】！」

用明顯不習慣的技能驚險消除穿透攻擊後，巨大的身體壓了下來，其他三人看不見她的狀況。

「梅普露，還好嗎！」

莎莉沒聽見梅普露回答，不久魔王體內傳來幾聲悶響，背上跳出大量傷害特效，五條纏繞黑霧的觸手扭啊扭地伸出來。

「戰鬥事件？自殘以後變身？」

「不，那是……」

「梅普露吧。」

「咦咦……？」

梅普露靈巧地扭動觸手鑽過魔王體內的空洞，從背後爬出來。

「呼咿～脫逃成功！哇哇，【衝鋒掩護】！」

見魔王又想拉開距離而跳起，梅普露從背上瞬間移動到莎莉身邊。

「怎麼樣？感覺打掉很多血了才對……」

「大概剩一半吧……還滿厚的呢。火攻好像不怎麼痛。」

梅普露的觸手只有攻擊能力，便收起來看魔王怎麼出招。

「【暴食】還有很多喔！」

第二天她不是都在據點裡，就是把自己當信號彈。

所以【機械神】的武器殘量較少，【暴食】、【毒龍】或【獵食者】這些還剩下很多，威力十足。

四人小心戒備，靜待魔王退開後的下一步行動。只見魔王在他出生的巨繭前懸空，背後的繭開始匯聚紫色光芒。

「有東西要來嘍！」

當巨繭蓄滿紫光，魔王身上也發出相同光芒，且空中張開幾個魔法陣，對四人射出紫色火焰。

「【多重加速】【多重屏障】！」

三人提升移動速度，嘗試閃躲。只有梅普露架穩塔盾，要直接抵擋攻擊。【暴食】雖然能吸收紫焰，但使用次數轉眼就耗光。只能單純硬擋的梅普露周圍開始起火，削減她的ＨＰ。

「我就知道！不要老是這樣燒啦！」

對怪物的火焰沒好印象的梅普露急忙啟動武器，藉自爆瞬時後退。

「我們躲得掉！妳趁魔王轉頭的時候補血！」

「嗯！謝謝！」

莎莉提高專注力，穿梭於爆散的火團之間，一口氣縮短距離。

「【水道】！【冰凍領域】！」

水柱從莎莉腳下向前延伸，同時身上散發白色寒氣，周圍物體急速結凍。她的武器現在不只有朧附上的火焰，還有【冰凍領域】的冰，兩者交互變換。莎莉就這麼散落著火星與冰晶，凍結水道持續奔跑，要將魔王擊落地面。

「現在在空中也能跑了呢！【冰柱】！」

莎莉利用在空中製造踏點與吐絲的技能躲過魔王的火焰，如履平地般自由跳動，以打帶跑方式製造傷害。

「好，魔王轉過來了……」

莎莉獨自攻擊一段時間後，魔王終於轉頭，所有火焰都往她射去。這是預料中事，只要全部躲掉就行了。

「專注……！」

魔王不枉體型巨大，攻擊方式不走精細路線，而是大範圍放火的類型。為閃躲地面殘留的火焰，莎莉不忘利用空中空間上下奔竄。

相形於對付上次活動的高塔第十層，會留下傷害地形且更強更細膩的魔王那時，現在躲得就像能夠預知未來一樣。

「好強喔……」

「芙蕾德麗卡、蜜伊、梅普露！準備好了沒？」

「嗯！可以了！」

「好了，沒問題！」

「BUFF也上完嘍～」

「那麼……【超加速】！朧，【神隱】！」

莎莉猛然加速，用朧的技能讓背後逼來的鉤爪撲空，奔向梅普露她們身旁。巨大化的糖漿和伊葛妮絲、啟動剩餘武器的梅普露和全身烈火的蜜伊正等著她。

「推最後一波嘍～音符，【增幅】！」

「【殺戮豪炎】！」

「【開始攻擊】！【毒龍】！【流滲的混沌】！」

芙蕾德麗卡強化技能威力，蜜伊和梅普露立即發動強力技能，糖漿和伊葛妮絲放射火焰與光束。

所有攻擊與紫焰正面衝突，爆出絢爛特效。莎莉吸引魔王注意力時，蜜伊和梅普露已經上滿了強化法術，她們雷霆萬鈞的攻擊推回紫焰，連同魔王背後的巨繭一起破壞殆盡，引起猛烈爆炸。

當爆光止息，牆上的巨繭已經破爛不堪，魔王全身冒著黑煙癱然倒地，消失不見。

「呼～好耶！打贏嘍！」

「啊，打得真好。芙蕾德麗卡，也謝謝妳。」

「能看妳們打得這麼痛快，我的ＢＵＦＦ也沒白放了啦～」

「這次就有拿到銀幣了，可以笑著回去了呢。」

「好～那我們小心回去，不要死在半路了！」

自己應該會是最後一組吧。四人相信其他人都已經平安返回據點，就此離開地城。

梅普露這組回到據點後，其餘十二人果然已經全部到齊。

見到所有人都平安無事，梅普露開心地用力揮手跑過去。

「大家辛苦啦～！都很順的樣子喔！」

「是啊，妳們也打到銀幣了呢。我們那邊……雖然地城有點難搞，不過總算是打過了。」

「我們那非常適合單獨強化培因的戰略，還滿輕鬆的。」

「「我們這邊每個人都很強，打得很順呢！」」

「太好啦～！啊，那個，謝謝你們陪我們一起打，拿到好多銀幣喔！」

梅普露開心地向【聖劍集結】與【炎帝之國】道謝，培因和蜜伊則都表示他們才該道謝。

「如果是我們自己出去打，能打到一枚就很不錯了。我們才該謝謝妳呢。」

「對呀，其實一起出團也不錯。」

看著兩人的笑容，梅普露笑得更高興了。

「第三天也要加油喔！」

「那當然。」

「嗯，我們一定會全力以赴，讓大家一起活到最後。」

即使有競爭關係，培因和蜜伊幾個對梅普露來說還是朋友，互相幫助是理所當然。

「我來站夜哨吧。算是答謝你們提供據點跟那麼多銀幣。」

「我也來。既然借用你們的據點，就讓我做點事吧。」

「嘿嘿嘿，謝謝喔！不過有事的話我還是會跑過來喔。」

梅普露留下這句話就跑回公共區域了。

◆□◆□◆□◆□◆

「被他們拿走好多銀幣了呢。」

「就是啊。不過以他們為標準設計怪物的話，恐怕沒幾個玩家打得贏……」

遊戲管理員看著【聖劍集結】、【炎帝之國】和【大楓樹】的銀幣數量，按著眉心發愁。尤其是前兩個聚集了一大堆強力玩家，除了蜜伊和培因幾個拿到的銀幣以外，還有很多很多。

「太拚了吧～晚上是睡覺時間耶。」

「他們直覺也很準。第二天熬夜打銀幣，就表示已經猜到了吧。」

「再來就看他能撐多久了。」

男子查看他們準備的怪物。

「第三天是設定成特別難生存，結果會怎麼樣呢？」

遊戲管理員們期待著結果，靜靜等待第三天的到來。

第六章　防禦特化與大決戰

輪班站哨讓所有人都獲得充分休息，以最佳狀態迎接第三天早晨。梅普露起床伸個懶腰，到隔壁莎莉的房間去。

正好莎莉也踏出房門，兩人在門口遇上。

「早安～終於第三天了呢。」

「嗯，銀幣都收集夠了，把重點放在存活上吧。」

「啊，對了！地圖跟傳訊……」

「傳訊功能還是鎖著，不過地圖又有點不一樣了。看就知道了。」

梅普露跟著打開地圖，發現標示了無數藍點，以及些許紅點。

「這是怎樣？啊，有寫耶。呃，藍點是玩家，紅點是特殊怪？」

「嗯，是要玩家找人互相幫忙活下來，或是去找特殊怪吧？都標在地圖上了，八成是魔王等級的強度，需要躲遠點嗎？能活到現在的話，打一般怪物應該不是問題吧。」

「嗯嗯，原來如此～」

若不是發生意外，梅普露幾個今天是不會出洞吧。地圖上的藍點就只是玩家位置，

沒說明身分，【聖劍集結】和【炎帝之國】也沒什麼理由外出。

換言之，今天只要做好準備全力迎擊，貫徹他們最擅長的戰術就好。

「第三天比前兩天都還要早結束，感覺會有什麼耶。我不太覺得他們會單純把只需要活下去的時間設得短一點。」

「放心啦，莎莉。大家一起打的話一定會贏！」

「……呵呵，說得也是。想太多也沒用吧。」

基本上現在是需要一點彈性，好臨機應變。稍後一會兒，所有人都起床出房，為隨時可能發生的戰鬥作準備。

梅普露和莎莉用螢幕查看馬克斯設置的眼線。

馬克斯趁昨晚外出之便，也在外面設了幾個點，監視範圍更大了。

「好方便喔……我也來找這種技能好了。」

「感覺莎莉可以用得很好耶。啊，看到怪物嘍。」

「好像沒有進來耶……是不是設定變啦？」

第三天的天空一樣是陰陰暗暗，惡魔型怪物四處遊蕩。在公共區域看了一會兒影像後，她們發現有趣的東西。

「啊，莎莉！妳看那個！」

「嗯？那不是昨天的……」

戶外監視畫面之一突然有團紫霧般的東西憑空出現，不久發出那道傳送門也有的眼熟紫光。

兩人目不轉睛地觀察，見到第二天滿地爬的假梅普露鑽出紫光，大步離去。

「是傳送門跑過來了嗎？」

「有這個可能……還是說變多了？」

雖不知門後是否也有地城，莎莉自然而然覺得變多的可能比移過來更大。難度提升時，最淺顯易懂的變化不是敵人的ＨＰ等數值升高，就是數量增加。

「其他地方不曉得有多少……搞不好很危險喔。我們一次所能處理的數量也不是無限。」

梅普露等人處理複數怪物時，需要使用技能或魔法。若強度不夠而不能一次擊殺，就得多作兩三次工。

培因與蜜伊的絕招【聖龍光劍】和【殺戮豪炎】都無法連發。

「如果狀況不妙，說不定有需要出去喔。妳想嘛，如果怪物淹進來的量多到能把這裡都塞滿，我們多半會打到手軟，可是在外面還有逃跑的選項。」

「真的……」

不過，這種事也要到時候才知道。莎莉作完說明後，從道具欄拿出蘋果。

「總之，不管什麼時候都要隨機應變啦。啊，梅普露，要吃嗎？」

「嗯，我要！從哪裡找來的啊？」

「沒有啦，平常都是妳在現寶，所以我也想偶爾拿點東西出來嘛。」

「哼哼哼，那我也禮尚往來……」

上午時間就這麼愉快地過去。在敵人來襲之前都是和平時段，其他人也都是自己做自己的事。但他們仍處在以生存為目標的活動當中，怪物可沒有簡單到可以讓他們從頭鬧到尾，襲擊的時刻是一分一秒地接近。

怪物再過不久就可能雪崩式地淹進來，蜜伊和培因也利用空閒時間，來到螢幕前查看愈來愈多的怪物現況。

「看來……山洞裡會很危險呢。」

「是啊，我也這麼想。而且最後一次強化時段說不定會有很大的變化。」

「光是現在就要分好幾個人去輪替了呢。」

相較於第二天可以只靠蜜伊和培因用大招一口氣收拾乾淨，現在還要賦予各種強化或進行阻礙，分斷太大群的怪物，更慎重地互相合作。如同莎莉所擔憂的，蜜伊和培因也怕怪物排山倒海地淹進來。

「幸虧我們還有幾種緊急退避的招式。狀況真的不妙的話，到外面去也行。」

伊葛妮絲、雷依和糖漿都能飛。當然傳送門也會送來飛行怪物，但到了天上，需要處理的數量仍會一下子少很多。

「莎莉，把大家找來商量吧。想活下來的話，十六個人一起打一定比較穩！」

「是啊，就這麼辦。」

召集全員討論如何因應後，梅普露這十六人決定在擺平下一波攻勢後出去外面。目標是地圖中央的山嶺。只要到山頂就能輕易看清怪物的動線，更容易避難。

「那下次就一起動手解決掉，趕快到外面去！」

梅普露說完就開始等待下次敵襲。襲擊有一定間隔，他們趁現在收拾架設在休息區裡的種種道具，山洞很快就恢復成原來空空如也的樣子，敵襲也在這時來到了。

但是怪物數量仍不至於造成威脅，傷不了這十六人半分就全滅了。

「就是現在！」

「嗯，出去嘍！」

一行人從移動速度快的先走，全點型的三人也騎雪見和月見匆匆開溜。一到外頭，【聖劍集結】就乘坐雷依、【炎帝之國】乘坐伊葛妮絲，【大楓樹】乘坐糖漿移動。儘管本來不會飛的糖漿速度怎麼也快不起來，不像雷依或伊葛妮絲可以躲避飛行怪物的接近，但由於有梅普露在，只要不是具有穿透傷害的怪物大舉殺來就處理得來，就算他們能接近也傷不了人。他們一邊處理一邊飛，總算見到先一步抵達山頂的八人。

「打完這些怪就下去吧！」

梅普露切換裝備發動【靈騷】，操縱從砲管伸出的光束一隻一隻穩穩地烤。

其餘人馬也來幫忙清場後，糖漿便降落在山頂上。

「呼，再來只要活下去是吧！」

「嗯。只要有異變發生，在這裡都能看得很清楚，很容易應付。」

雖然天色陰暗，但仍能看見山下各種地形。視野非常開闊，見到任何異狀就能迅速反應。

「我去周圍放一點道具，總不能讓怪物平白跑上來。」

「那我去幫妳守著。」

「我也去，這樣被包圍也不用怕。」

「太好了，麻煩啦。」

克羅姆和霞伴隨伊茲設置迎擊用的道具，馬克斯也一併跟上，加強迎擊準備。道路窄縮或不穩的地方，都要裝上大量陷阱。

如此一來，從地面爬上來的第一波就會一個個滾回去。一組人馬設置陷阱時，其他人也為了逐漸逼近的怪物強化時間三六〇度地查看異狀。

「沒有問題～！……？莎莉，怎麼了。」

「嗯，那個，妳打開地圖。」

梅普露跟著開地圖看，發現玩家標記減少，表示特殊怪物的紅點增加了。

「大家都真的只是到處逃跑耶，紅點都沒少。」

「因為需要活下來嘛。」

「嗯，我們也沒去打那些怪。可是……我有點不好的預感。」

都特地把特殊怪物標出來了，丟著不管真的好嗎？莎莉心裡雖有此疑問，但沒有判斷的材料。

「現在只能靜觀其變了。」

「沒問題！出事有我保護妳！」

梅普露舉高盾牌說。

「呵呵，謝謝喔。真可靠。」

在山頂上的基本戰略和山洞裡一樣，在有利地形迎擊。

在這裡也不能拿那些特殊怪物怎麼樣，多想無益。莎莉做出這樣的結論，和梅普露一起專心迎擊飛行怪物。

擁有開闊視野是一項很大的優勢，能先一步發現怪物也容易挑選應對方法。

十六人就這麼順利生存下來，迎接最後一次怪物強化時段，今天只有一小時。比前

兩天短這麼多沒讓玩家安心，反而加倍不安，認為一定有鬼。

而事實真是如此。

地圖上不只能看到玩家們不斷逃離持續增加的怪物，試圖在最後一點時間存活下來，還能見到玩家們尋找其他玩家形成集團。一個人難以存活，多幾個人手就熬得過去的場面相當多，這裡也聚了十幾個與自己的隊友失散，設法互相扶持的人。

「好、好像有機會耶。」

「是啊，這樣應該撐得過去。」

「可是強怪時段要來嘍。」

「沒問題。這裡人這麼多，應該推得回去。」

還有人正在把握時間尋找可以固守的山洞，每個人之間瀰漫起有希望活到最後的氛圍，然而那卻隨強怪時段的開始全部粉碎。

遠處出現的怪物與過去完全不同，怎麼看都打不贏。那跟他們所謂「推得回去的怪物」實在差太多了。

「快逃，只能逃了！」

「對呀，找個山洞躲起來！」

「對，躲到那隻進不去的地方！打不死沒關係，活下來就贏了！」

所有人都這麼叫喊著，放棄戰鬥開始奔逃。與那相比，周圍群聚而來的怪物實在可愛太多了。及時判斷自己是否能戰勝對手也是非常重要的事，這裡所有人都很快就放棄與新出現的怪物戰鬥。

「怪物中的怪物，交給玩家裡的怪物去打就好了！」

「他們還不一定會去打咧！」

「難、難說喔，那些人也滿狂的耶。」

他們回想著預賽時有些地方出現很瘋狂的大範圍攻擊，將怪物交給怪物而急忙開溜。

◆□◆□◆□◆□◆

一進強化時段，場地上到處有紫色火焰噴向天空。莎莉立刻查看地圖，發現那與特殊怪物的位置完全一致。

共有數十處，分得很散。當火焰凝縮成一點而生成巨大傳送門後，梅普露等人也見過的怪物從門裡爬出來。

「莎莉！那跟我們打贏的那個很像耶！」

「尺寸完全不能比就是了！」

那個有許多手臂，翅膀揮灑火焰的怪物和第二晚從繭中出現的魔王很相似，但更接近是完成體，手和身軀都變得很粗壯。即使從山頂看來，那纏繞火焰的身影也是巨大得可怕。

「有五十……喔不，有一百公尺嗎？」

「變得比本尊還強的樣子耶～？」

蜜伊和芙蕾德麗卡也對那似是而非的身影表示想法。當怪物完全離開傳送門，他忽然大張手臂瘋狂咆哮，連空氣都為之震撼。同時，他巨大的軀體纏上紫色火焰，狀況產生變化。

「有東西來了……！上面！」

「唔呃，那什麼！」

沒有星光的天空出現巨大的紫色火球，如流星雨般落下。

那像是刻意往玩家所在的位置墜落，有些直朝山頂來。

「梅普露！」

「啊，嗯！」

若是跟第二天的魔王一樣，火球會造成防禦力無法抵擋的傷害。梅普露和莎莉心有靈犀，立刻就明白她的意思，切換裝備。

「【治療術】！」

接受莎莉的治療，並換上大天使套裝的梅普露緊緊注視逼近的火球。

「【神盾】！」

在火球命中前張開的光罩完全隔絕了傷害，保護梅普露等人不受傾注而下的火球之雨侵襲。

「厄斯！【大地操控】！」

多拉古也趕在【神盾】結束前，處理掉光罩外燒起來的大地。藉由復原化為一片烈火的地面，熄滅所有火焰。

「擋得好，梅普露！」

「嗯！可是……」

下次火球雨就沒有【神盾】能擋了。從山頂能清楚看見山下也被火雨燒得一塌糊塗，可想而知光這一擊就有不少玩家犧牲。更糟的是，特殊怪物身上又噴出火柱，為那踏著巨響爬來爬去狩獵玩家的巨大惡魔補充火焰。

「培因、梅普露，這樣我們撐不過一小時，就算危險也需要去殺那些特殊怪。」

「唔、嗯，對呀！」

「不只是這樣，恐怕這一小時是設計成只是逃跑也很難存活下來，還需要打倒那隻大的。」

巨大惡魔身上有血條，和以前在第二次活動中追著梅普露跑的大蝸牛不一樣，表示殺得死。

「是有這個可能。無論如何，都需要到處快速移動，殺光特殊怪。馬克斯、米瑟莉、辛恩！」

蜜伊呼喚另外三人騎上伊葛妮絲。同樣地，培因也叫來絕德幾個騎上雷依。全聚在一起，會讓鎖定玩家落下的火球頻率變得更高，於是他們暫時分開，前去打倒大量散布於地圖各處的特殊怪物。

「我們也去打。讓機動力高的人早點打掉才最保險。」

「沒死的話，我們巨大惡魔那裡見！」

【聖劍集結】與【炎帝之國】的八人就此分頭離去，而梅普露幾個也要做他們該做的事。

「那、那我們呢，莎莉？」

「小白移動速度比較慢，很難在都是怪的地面上到處跑，可是糖漿更慢……那我們只能設法阻止那隻巨大魔王殺掉更多玩家了。」

每次降下火雨，玩家就會少一批，擊殺特殊怪物的速度因而降低。若能騷擾魔王，

多少降低火雨頻率，即可有效提升玩家存活率。

「而且比起跑來跑去，我們打魔王更有效率嘛。」

「好啊，聽起來不錯。打得掉的話也很賺吧。」

「到處逃也沒用，不如全力對抗他更好是吧。」

要打就全力以赴。梅普露用力點個頭，所有人一起乘上糖漿，飛向巨大惡魔。

魔王近看真的是大得離譜，稍微挪個腳步就會把傻傻在旁邊走的玩家踩死。梅普露隔一段距離降下糖漿，一行人換乘小白接近。

「那就照計畫打打看喔！」

「嗯，情況不妙就趕快撤退。」

「那麼湊，準備嘍。」

「【暴虐】！」

「「「【幻影世界】！」」」

梅普露化為惡魔，朧、奏、湊再替她製造分身。第四次活動時分為七個的她現在變成十個，全都衝出去抓上魔王的腳，開始往上爬。

「梅普露！小心火焰！」

「嗯！」

梅普露注意著莎莉的指示，小心避開魔王身上著火的部分，和分身一起往頭部前進並一路撕扯。

「哎喲！危險危險。」

在巨大惡魔攻擊腳邊玩家時，梅普露也在他身上到處製造傷痕。不過他不是大假的，血條只減損一點點。

分身只能維持三分鐘，要盡可能把握時間製造傷害。

不久，魔王察覺到梅普露的存在。梅普露腳下發出紫光，噴出火焰。

「唔！果然會受傷……」

分身也被用來驅趕他們的火燒中，但光是這樣還不至於解除【暴虐】。

「繼續殺繼續殺！」

培因和蜜伊也正為削弱魔王而努力，這邊得拖住魔王才行。現在魔王的腳步已經停止，用他巨大的手臂攻擊【大楓樹】的人。

「大家加油！」

梅普露一面製造新傷，一面祝福其他七人。

在梅普露爬到魔王身上大鬧的同時，剩下的七人三四分組，開始攻擊。

為避免摔死，結衣和麻衣留在地上攻擊魔王的腳，克羅姆負責保護她們。

「防禦我來顧！現在腳停下來了，趕快打！」

「「是！」」

兩人使用「禁藥種子」，騎著雪見和月見衝上前去揚起巨鎚。

「「【雙重打擊】！」」

梅普露所無法比擬的傷害打在魔王身上，噴出驚人的傷害特效。

「「【雙重搥打】！」」

雙持巨鎚與最頂尖攻擊力砸出誇張傷害，附近倖存的玩家也有幾個湊過來，使出原本沒機會用的大招。可以專心攻擊這件事，就是一個很強的增益效果。

然而，魔王也不會放任她們繼續攻擊，能輕易掃開結衣和麻衣的惡魔巨手有一隻舉了起來。

「【多重掩護】【鋼鐵身軀】！」

「「克羅姆大哥！」」

克羅姆早就從魔王的體型料到攻擊附帶擊退效果，使用技能穩穩用盾擋下巨手並卸開。雖然遭到手臂上的火焰延燒，但恢復力驚人的他，仍從接連揮下來的手臂中生存下來。

「哈哈！平常都是梅普露在保護妳們，偶爾換我保護一下！」

「「謝謝！」」

巨鎚又狠狠砸下好幾次，有一次打擊聲比之前都還要響，同時一隻腳變成傷痕累累的模樣，惡魔頹然跪下一膝。

「會這樣啊……！幹得好，有效了！」

那就換打另一隻腳。克羅姆也騎上月見，三人為破壞另一隻腳而奔走。

另一邊，小白載著莎莉幾個捲在魔王身上提供站位，四人奮力攻擊。

「【武者之臂】！【第四式·旋風】！」

「【五連斬】！」

不只是霞和莎莉，湊也變成麻衣的模樣加速輸出。

奏以魔法應付魔王身上噴出的紫焰，伊茲用道具替所有人補血。

「背上好打很多，到手揮不到的地方打！」

「是啊，不過也沒有那麼容易就是了！」

莎莉抬頭見到眼熟的紫色魔法陣，緊接著大量火球朝他們落下。

「【火焰體】！【守護之光】！」

火焰擊中他們之前，奏的魔法在包含魔寵的所有人覆上紅火，給予高等抗火能力。然而只是這樣，莎莉仍活不下來，於是對她單獨使用免傷魔法才得以顧全。

「得救了！謝啦，奏！」

「沒問題，我還有得用。」

「血我來補，用力攻擊喔！」

打著打著，魔王的姿勢忽然崩垮。原來是結衣和麻衣的攻擊使他跪下了一腳。

莎莉見到傷腳的樣子，大概猜到要怎麼對付這個怪物了。

「霞！我要到更上面去！砍壞翅膀以後火焰應該就會停了！」

「好，知道了！」

她在空中製造踏點，用【水道】一口氣游到背後，發現梅普露正在用【暴食】痛打魔王的背，並不斷開火。

「梅普露！妳變回來啦？」

「啊，莎莉！妳也來啦！」

莎莉說她要去攻擊翅膀，梅普露也決定跟去。

「【獻身慈愛】！」

「可以嗎？」

「嗯，我不是說要保護妳嗎！」

要打就趁受傷以前趕快打掉，於是莎莉和鬥志滿滿的梅普露一起爬向翅膀。

「我做個地方給妳踩！嘿、咻，行了！」

梅普露用「拯救之手」使盾懸浮於空中，設置於翅膀旁邊。莎莉可以利用這些踏點靈活應戰。

「那我上嘍！」

「嗯！」

莎莉配合梅普露的射擊，透過水道從翅膀根部往上砍，噴發的火焰追不上她。她就這麼在伸展於翅膀周圍的水柱裡游來游去，在扭身迴旋的同時對翅膀造成連續斬擊。兩人合力攻擊，要徹底破壞翅膀。

但這時突然出現明顯和先前都不一樣的徵兆，魔王全身發出紫光。

「莎莉！這邊！」

莎莉利用空中的盾跳回梅普露身邊，梅普露立刻召喚糖漿升空避難。緊接著魔王全身噴火，兩人驚險逃過一劫。然而兩人發現真正的戰鬥才剛要開始——因為空中有火球掉下來了。

惡魔全身發火的同時大聲咆嘯，接近視覺特效的音波造成穿透傷害，使梅普露一口氣替糖漿、朧、莎莉承受傷害。

還想等著用【神盾】的梅普露，身上穿的已經是最能提升總血量的大天使裝備，可

是那一擊還是扣光了她的ＨＰ，觸發【不屈衛士】。她們距離攻擊來源太近，想躲也躲不掉，ＨＰ瞬時掉到危險值。兩人都意想不到這種情況，就連總是冷靜以對的莎莉也難掩驚慌。

「唔唔……！」

「【治療術】！梅普露，快喝藥水！」

莎莉急忙替梅普露補血時，火球從天空落下。

梅普露躲不開那麼大的火球，現在又沒有【神盾】。莎莉趕緊思考如何保住梅普露，就連用糖漿或朧來擋也在考量之內。然而第一次火球雨是直接抵銷，威力和傷害範圍都不明朗，算不上確實。

「【超加速】！」

「哇哇！」

最後莎莉抱起梅普露就跑，感到背後的光愈來愈近。

現在不能讓梅普露踩中傷害地形，所以她打算將瞄準她的火球拖到最後一刻再拋開梅普露，讓她離開燃燒範圍就好。只要梅普露活下去，莎莉還能靠技能保住性命。

不過在這場危險的賭注實行之前，烈焰與白光擊穿了她們打到一半的翅膀將其破壞，並直接過來抓起她們，飛到空中避難。

「培因！」

「蜜伊！」

「嗯，看來我們來得正是時候。話說你們打掉真多血，不像是只有八個人呢。」

「看樣子，說不定能用總攻擊一口氣推掉。」

救星不是別人，正是騎雷依的培因和騎伊葛妮絲的蜜伊。

兩人將擊殺特殊怪的任務交給公會成員，先飛過來幫忙了。不過這是因為其實他們發現每當魔王ＨＰ下降到一定程度，地圖上就會生出特殊怪物，不太值得將人力全投注在他們身上。兩人靈活閃避魔王揮來的手，拉開距離。

「不早點阻止這場火雨的話，狀況會愈來愈不利。現在還有一點玩家，要是再少下去，說不定他會一直放。」

「一找到機會，我們就瞄準頭打。妳們也一起準備。」

若上前攻擊頭部，想必現在這幾條揮來揮去的巨手和魔法陣射出的火焰就會招呼過來。若不能找到空隙穿過攻擊網，很難一舉給予大量傷害。

梅普露為攻擊再度切換裝備，並啟動兵器，也讓糖漿準備發射【精靈砲】。

躲了一會兒後，拖著一隻腳的魔王ＨＰ又掉了一段，另一隻腳也失去力量向前倒下，用那幾條手臂支撐身體。這時魔王又開始積蓄火焰，但快要蓄滿時特殊怪物忽然停止供應。原來是分散開來的絕德幾個，在第三次火雨即將降下之際清光特殊怪物了。

四人沒有放過這大好機會，一口氣逼近魔王。他們穿過飛來的火球和魔王沒用來支

撐的手，接近那沒有眼鼻的頭部大招齊出。

「【聖龍光劍】！」

「【殺戮豪炎】！」

培因和蜜伊在掠過魔王側頭時打出巨大的傷害，莎莉也先一步跳下雷依，以技能踏空而行正面接近，往上避開他大張的嘴，將頭部納入射程範圍。

「【五連斬】！」

身纏藍色靈光的莎莉深深連斬魔王頭部，梅普露也從伊葛妮絲跳到糖漿上，將武器對準魔王。在這個時候可以不必擔心殃及他人，有什麼招都能打出去。

「【開始攻擊】【毒龍】【流滲的混沌】！糖漿，【精靈砲】！」

在蜜伊的攻擊下燒得更烈，被培因的攻擊淨化般狂噴傷害特效的身體上，莎莉不斷補刀。

這時又有大量槍彈、毒液與光束傾注下來，最後梅普露舉起塔盾，炸毀背上武器。

「我上嘍……！」

魔王張開大嘴要咬碎梅普露，梅普露也抓穩能吞噬一切的塔盾突襲。塔盾將撞上來的尖牙全部吞噬，就此貫穿喉嚨深處，帶著一堆傷害特效從背後滾出來。

結束連擊的莎莉正好經過而扶起她，用絲線和踏點退離。

「怎、怎麼樣了？」

「讚啦，梅普露。妳看。」

梅普露往魔王望去，見到ＨＰ已經歸零，紫焰逐漸熄滅，那巨大的軀體化為光而消失。同時陰暗天空恢復應有的色彩，滿地爬的惡魔型怪物也全部消失了。

真正沒想到的是，打倒這魔王竟然也有銀幣。

「莎莉！銀幣耶銀幣！還是三個耶！」

「哈哈哈……總覺得才三枚有點不划算，也不錯了啦。」

【大楓樹】其餘六人也聚了過來。六人都平安無事，雖然都累了，但也因為威脅散去而安心。

「喂～各位～打贏了～」

梅普露與他們會合時汽笛聲響起，宣告第三天結束。

【大楓樹】在這三天成功活到最後，傳回一般地區去。

◆□◆□◆□◆□◆

活動結束後，梅普露和莎莉在【公會基地】休息，考慮該怎麼用銀幣。

「呼～幸好都打過了！」

「是啊。和其他公會合作也得到最好的結果。說不定是妳在第四次活動跟他們加好

友以後沒事就一起玩的關係喔。」

「嗯。話說嚇我一大跳，居然還會出那麼大的怪。」

「對呀，正常的啦。其他遊戲也會有一些從一開始就需要全部人一起上，不然根本打不贏的巨大魔王喔。」

「是喔，好像很累耶……不過大家一起合作應該很好玩！」

「有那種魔王的話，就要看妳的了吧。妳那個大範圍掩護實在很厲害。」

「嘿嘿嘿。啊，可是往別處跑的話，我可能追不上喔。」

「要是沒辦法炸武器飛行，我就揹妳跑～」

「嗯，莎莉真可靠！」

「呵呵呵，還好啦。」

在這次活動中，兩人獲得的銀幣都超過了兌換獎品所需，有機會進一步提升戰力。

「這樣又能拿新技能了，不曉得能不能在下次活動派上用場。」

「下次活動還要多久？」

「嗯～不曉得耶，幾個月吧？大概是第八階會先開放。」

「這樣啊～那麼莎莉，我有事想做，可以幫我嗎？」

「嗯？好哇，什麼事？」

「最近活動都要一直戰鬥，想找個地方慢慢逛一逛。」

「好哇。我們也沒有把每一階全部逛遍吧。」

每一階層地區的地圖都相當廣大，應該還有很多未知的隱藏事件和觀光景點才對。

活動和對戰固然重要，但探索也是這遊戲的一大樂趣。

莎莉嗯嗯點頭，答應陪梅普露到各階層繞一繞。

活動就此落幕，悠閒時光又回來了。

遊戲管理員在活動結束後回顧結果。

「奇怪？奇怪？那隻就這樣被幹掉嘍？」

「就是啊……呃，HP沒設好呢。還想說設太高也沒意思。」

原以為魔王擁有涵蓋整張地圖的超強攻擊，攻擊性也很強，而且體型那麼大，恐怕玩家只顧著逃，沒幾個會想在火雨之中冒險挑戰。然而有血條就表示殺得掉，若遭到玩家全力群起圍攻，巨大體型反而成了阻礙，做不了精細的攻擊。

「下次放大型怪的時候再多考量一點吧……」

「是啊……攻擊力要稍微降一點，HP也要仔細評估。」

活動結束後，遊戲管理員依然要不斷試誤。

短篇集

梅普露與莎莉剛開始玩NWO時的小插曲

◆防禦特化與猜魔王◆

梅普露和莎莉兩人以打倒地城魔王為目標一同出遊。

「不曉得這次會是怎樣的魔王耶，梅普露妳覺得呢？」

「嗯……其他地方已經有龍了……我遊戲玩很少，想不太到。」

「說得也是。那我們先去多看點怪物再來猜吧？」

「好哇！就這樣吧！然後我們一起去找各種怪物打！」

梅普露展開雙手，雀躍地笑著說。

那模樣看得莎莉也呵呵笑。

「沒問題。不要太大意的話，妳應該是不會輸的啦。不……大意也沒關係吧。」

「什麼意思……？哇！」

梅普露被背後偷襲的史萊姆撞個正著，腳步一個踉蹌。

可是她也只是嚇一跳，事實上完全沒受傷。

「嘿、咻！好，打死了。還好嗎，梅普露？」

「呃，嗯。只是有點嚇到。」

「果然大意一點也沒事呢。路上那些到處都是的小怪，恐怕都沒辦法打傷妳。」

「不過這樣突然撞一下對心臟很不好耶……還是要小心走才行！」

梅普露四處張望起來。

「也是啦，小心點走路還是比較好，比較容易對應。」

「要洞察先機是吧，洞察先機！」

「大、大概吧？打魔王的時候，也要麻煩妳洞察先機好好打喔。」

「ＯＫ～！我會睜大眼睛找弱點的～」

梅普露真的用力睜大眼睛，眨給莎莉看。

莎莉也被她逗笑了。

「很高興妳玩得這麼開心。」

「嗯！很好玩呀！謝謝妳找我來玩喔～」

「真是太好了，這次我也是有點硬拉妳來玩的說。」

「妳每次找我玩遊戲都會特別硬來。」

「……因為妳想嘛！兩個人玩起來比一個人好玩呀，對吧？」

「話是這麼說沒錯啦……好喔～這次就讓妳混過去喔～」

「哈哈哈……謝謝。」

「嘿嘿嘿……不客氣，真的很好玩啦！」

兩人就這麼一下痛宰怪物，一下突然奔過林野。話題聊也聊不完，對話從沒停過。

「莎莉，有魔王的地城還有多遠？」

「大概走了四分之三吧？就快到了，小心一點。」

「ＯＫ～！……話說我們還沒開始猜魔王長怎樣耶。」

「對喔，差點忘了！這個嘛，我猜保險一點的，很大隻的哥布林。」

「那我猜他是熊，可是有三頭六臂！」

「咦……不猜保險一點的喔？」

「要賭就要賭大的嘛？」

無論如何，後來兩人都一路順暢地找到了目標地城。

究竟有沒有猜中，就要等親眼見到魔王時才會揭曉了。

◆防禦特化與蒐集材料◆

為了替梅普露弄新裝備，莎莉和她一起到野外蒐集材料。

直到前不久都是兵分兩路，在森林裡到處尋找會掉所需材料的怪物。蒐集一段時間後，她們開始閒聊。

「怎麼樣，梅普露？這樣夠了嗎？」

「嗯……不曉得耶。我沒做過新裝備，不曉得到底需要多少。」

「說得也是，那就再多打一點吧。多打一點是不會吃虧的啦。」

「是嗎？」

「反正這點東西絕對占不滿道具欄的格子，以後搞不好也會需要。」

「對喔。啊～不要也可以賣掉嘛！我沒什麼錢。」

「也可以。那麼，既然多打一點也沒關係，那妳要再繼續打一下，還是現在這樣就好？」

梅普露想了想，給出答案。

「那再幫我一下！」

「嗯，好的。這樣就對了，要請人做裝備，當然要做好一點嘛。」

「嗯！」

「OK，那就再多打一點材料。這裡也有很多適合我練習閃躲的怪，可以順便練技能等級，還不錯。」

「莎莉好厲害喔，我都猜不到這裡怪物的動作。」

「還好啦，如果我也是只點【VIT】，恐怕也很難閃。等妳習慣以後，應該也多少能預測怪物下一步動作之類的。」

「真的？我也可以變成那樣嗎……」

梅普露一蹦一蹦地左右輕跳，作閃躲貌。

手上塔盾跟其他裝備也搖來搖去。

「有時間就多練練吧，用盾牌防禦的技術也會一起變好才對……只要是我能教的，我都會想辦法教妳。」

「嗯，我試試看！」

「那我們開打吧，不是要多打點材料嗎？」

「對呀，出發！我會盡量多打一隻的！」

梅普露說完還做出用盾牌撞擊怪物的姿勢。

那動作一般稱為盾擊，是梅普露的攻擊手段之一，對會掉所需材料的怪物很有效。

「那招只要是對準怪打，應該都會打中，所以把怪物放在視線中央就會好打很多。」

「收到！我照妳說的試試看！」

「好啦，撥開草叢找怪吧。」

「在哪裡～在哪裡～？」

兩人一起在草叢裡翻找她們需要的小型怪物。

「梅普露！找到就喊一聲～」

「妳找到也跟我講喔～！」

兩人不時呼喊對方，不時近似閒聊地對話，不停地找。

偶爾襲來的其他怪物不是她們的對手，材料蒐集得很順利，來到結束的一刻。

「哎呀～謝啦，莎莉！」

「沒什麼好謝的啦～呵呵！」

兩人抱著豐碩成果返回城鎮。

◆防禦特化與觀光行◆

梅普露和莎莉在起始城鎮休息。

在遊戲裡飲食不必考慮對身材的影響，讓她們把城裡的甜點吃了個遍。

決定下一步是觀光後，兩人便衝進野外。

「好快好快喔～！」

「跟妳比是很快啦。」

莎莉正揹著梅普露跑。

梅普露腳程實在太慢，不這樣根本沒時間觀光。

「風好舒服喔～！」

「舒服就好。不過話說回來，每次移動都這樣揹妳也很累，要想想其他的交通方式了。」

「有什麼能用的嗎？」

「目前還沒有人找到能代步的東西……大概要等這種系統上線吧。」

「老是讓妳揹，我也不好意思，不知道有什麼好方法……」

梅普露比上眼睛嗯嗯嗯地想，終於想到一個點子。

「工匠會不會有辦法呀？」

「不知道耶？現在好像有手拉車，不過那好像只有部分地區能用……現在只能做到這樣吧？」

「是喔……真可惜。」

「再說，假如工匠能做腳踏車之類的東西，速度跟妳一樣慢的人應該全都在騎了。可是現在一台類似的都沒看到，所以是沒這種事吧。」

聽了莎莉的想法，梅普露點頭同意。

「呃，真的。要是有腳踏車，我一定早就買來騎了。」

「不過現在也不用太在意啦。依我看啊，這種遊戲遲早都會開放交通工具。」

「那就是找到什麼用什麼嘍！」

「是啊，不過還要看好不好騎就是了。」

「咦？什麼意思……？」

「比如說……需要看防禦力以外的數值之類的。妳不是除了防禦力以外都沒點嗎？」

「唔……對喔，可能有這種事。嗯……可是，可是我還是……」

梅普露可說是完全不打算點防禦以外的數值。一開始只是希望捱打時沒那麼痛，後來逐漸沉浸在堆高防禦力的樂趣中。

「不用刻意去扭曲自己的玩法啦。如果不能讓妳照妳喜歡的方式去玩，我還寧願揹著妳跑。打魔王的時候，妳會替我擋傷害……各司其職。」

「謝謝喔，不過我還是會去找別的交通方法的！」

「能找到當然最好啦，我也不一定每次都能陪妳上線嘛。慢慢來就好，不用急。」

「嗯！照自己的步調來對吧。」

「對對對。啊，目的地快到了吧？」

「要到了？真的好快喔～！」

「呵呵，還好啦。」

兩人在原野上不斷飛馳。

不時出現的怪物，都用魔法與技能擺平。

沒有怪物能阻止她們兩人世界的愉快腳步，一直線來到目的地。

「前面有很漂亮的風景在等著我們，敬請期待喔，梅普露。」

「知道了！我期待起來放。」

「最後衝刺嘍！」

「喔～！」

想像著未知的景色，莎莉稍微加快了速度。

第二次活動時的小插曲

◆防禦特化與活動前◆

第二次活動當天，梅普露和莎莉坐在城鎮裡的長椅上等待公告。

「終於要開始了。梅普露，妳是第二次打活動吧？」

「對呀？上次不知道是怎麼搞的，碰巧讓我拿到很高的名次……希望這次也能有好成績。」

「很難說喔。這跟妳之前那個活動是不同類型……不過呢，慢慢摸索怎麼玩也是一種樂趣啦。」

「好像真的是這樣喔！而且這次還有妳。」

「隨時可以來找我求救喔，不過我也不是什麼都行就是了。」

莎莉對梅普露擺出自信十足的表情。

「呵呵呵……請妳多多照顧啦。」

「彼此彼此。拜託幫我擋住我閃不過的攻擊喔。」

「那當然！我一定會保護妳！」

「那我就放心了。不過剛才也說了，還不清楚活動是要在怎樣的地方做什麼事……像這種時候，妳的防禦力一定會很有用。」

「……？」

梅普露聽不太懂而歪起頭。

「妳想嘛，妳不是被偷襲也不怕嗎？發生意外也活得下來，是一種很強的能力。」

「喔～這樣啊，有道理！嗯，那我就要來努力保護妳了。」

聊著聊著，活動開始的時刻愈來愈近。在城鎮中四處走動，像在做最後準備的玩家逐漸增加，城裡充滿活力。

「人變多了耶。」

「就是啊～其他地方也有很多人嗎？」

「嗯，應該都很多吧。又不是說一定要在這座城裡等……嗯～」

莎莉伸伸懶腰，做個深呼吸。

「好，今天也能徹底集中精神的樣子。」

「我也要拿出幹勁，專心一點。」

「呵呵，妳保持平常心就好了啦，這樣比較不會綁手綁腳吧？之前都是這樣打的呀。想怎麼做就怎麼做，然後盡全力去玩。」

「……！嗯，我會的！」

「我會盡可能去幫妳，要以享受活動為優先喔。」

梅普露聽了莎莉的建議後，為即將開始的活動作起各種想像。

「嗯，梅普露，快開始嘍。要仔細聽公告喔。」

「OK～呼……好！我們走……」

梅普露慢慢吐氣，雙眼充滿期待地直直往前走。

公告從裝設於城鎮中的廣播器響起，進行最後的說明。

她們仔細聽完，在出發之前看看彼此的臉。

「那我們走嘍！」

「走吧，全力以赴喔。」

兩人臉上洋溢著充滿期待的笑容，不久她們身上都發出白光旋即消失不見，隨後便被傳送到活動場地。

◆防禦特化與沙漠行◆

各自打倒變成對方的怪物並順利會合後，兩人在森林裡邊走邊聊。

「哎呀～幸好梅普露沒事。不過……結束以後倒是很有事就是了。」

「還不是因為莎莉妳糗我～」

兩人會合時，莎莉為確認梅普露的身分，講出她在接種疫苗時哭得唏哩嘩啦的事，這也讓她憶起當年。而梅普露也同樣揭了莎莉的瘡疤，算是扯平了。

「是沒錯啦……嗯，對了，那妳今年要去打疫苗嗎？」

莎莉延續不久前的話題，問梅普露。

結果她愣了一下，別開眼睛。

「這個嘛……我，那個，我考慮一下。」

梅普露說得支支吾吾，惹來莎莉不敢置信的注視。

「幹、幹嘛？」

「少騙，妳才不想去吧～？」

「…………」

「妳去年又發燒到起不來了，還是去打一下比較好喔……」

去年莎莉去梅普露家探病時，她整個人爛泥似的躺在床上。

那對她們來說就像是每年的例行公事。

「唔唔，我知道啦……如果現實也能點【ＶＩＴ】就好了。」

「這樣的話針就打不進去嘍。」

「是不用點得那麼高啦……說不定要。」

事實上，梅普露在遊戲裡的防禦力是真的能用身體彈開針頭。

無論是槍劍斧鎚，打在梅普露身上都沒意義。

而梅普露依然孜孜不倦地想辦法提升她的防禦力。

「我看要硬拖妳去才行了吧？」

「咦！不要啦……」

梅普露的表情變得比打任何魔王都還要灰暗。

「就算有得打，也要再等幾個月啦。」

「沒事的……今年一定也是一樣……」

邊走邊聊的兩人面前，忽然出現一大片與這段路截然不同的景象。

那是蓋滿枯乾黃沙的廣大沙漠。

藍天底下，風捲起一縷沙塵颯然吹過。

「喔～！沙漠耶！」

「好大喔，不曉得有多大。」

「應該有藏很多東西吧？」

「是啊，我也這麼想。」

兩人一起伸個懶腰，踏出進入沙漠的第一步。

「有好多沙丘。梅普露，這裡到處都是上下坡，小心跌倒喔。」

「嗯，知道了。放心……哇！」

才剛想要莎莉放心，腳下的沙就被她踩塌，整個人滑下去。

「妳……哇！」

梅普露前方的莎莉也被她這一滑踢到後腳跟，跌在她身上。

「哈哈哈……對不起。」

「沒關係啦。呃，全身都是沙。」

莎莉跳起來，撥撥衣服上的沙塵。

梅普露也抓著莎莉伸來的手小心站起，撥掉頭髮上的沙。

「這趟沙漠探險的開頭太糗了，我們重來一遍吧。」

「好哇！嗯，拿出鬥志出發～！」

兩人就這麼往眼前廣大的沙漠重新踏出第一步。

◆防禦特化與再出發◆

第二次活動順利落幕，梅普露和莎莉都有收穫。

在下一次活動之前，兩人又要像平常一樣在整個地圖上慢慢享受這個遊戲。

最後她們又像活動開始前一樣，坐在城鎮長椅上聊天。

「好好玩喔，還有好多不一樣的風景。」

「就是說啊。話說我們那麼努力在逛，算是有整個逛一圈嗎？」

莎莉看著坐在身旁的梅普露問。

「不曉得耶？地圖真的好大，不過應該有逛到心滿意足吧。」

「我逛到暫時不想碰探索型活動了……真的好累。」

「是啊～要一直注意有沒有怪物接近。」

「其實妳算是不用注意的那一邊喔。」

「是喔？」

聽梅普露反問，莎莉說明原因。

「當然是啊。因為妳被偷襲也沒事，從背後敲一鎚也只是嚇一跳而已，根本是一種特權。」

「呵呵呵……姊姊是有練過的喔～」

梅普露說得咯咯笑。

「如果練一練就能變這樣，我看誰都想練了……好吧，遇到穿透傷害還是會怕，要想辦法應付這一塊呢。」

梅普露在這次活動裡遭遇過好幾次穿透攻擊，實在吃不消。

雖然這次都能化險為夷，下一次難保不會失手。

「唔……說得也是。有沒有辦法變成絕對不會被穿透啊？」

「要是拿到那種技能，妳就真的不是玩家這邊的人了啦……再說只要妳把塔盾稍微練好一點，應該就不用太擔心了。」

梅普露太依賴她那無人能敵的防禦力。

這讓她不太懂得閃躲，用盾技巧也仍相當差勁。

「我有在練習啊……可是還要練很久的樣子，好難喔。」

「雖然說我是希望妳把盾牌練好，可是也不用那麼苦惱啦。不夠的地方我可以補，再說玩得開心最重要啊！」

聽莎莉這麼說，梅普露便不再去想那些複雜的事了。

「總之我先把防禦力提升到穿透攻擊以外的都不怕！不曉得能升到多少……」

她用這樣一句話，將未來的方向定得更加牢固。

除了一個勁提升防禦力以外，不用特別去顧慮任何事。

再說若想往最強邁進，她需要的無疑是防禦力。

「那我們就去找怎麼抵擋穿透攻擊……還有提升防禦力的方法？」

梅普露贊成莎莉的提議，從長椅跳起來。

儘管她們才剛說暫時不想探索，一回神已經在探索的路上。

「那要從哪裡開始？」

「先蒐集資訊吧。找對妳有用的東西。」

「還有對妳有用的東西！」

經過幾句對話，兩人決定從城鎮中央找起。

又要開始走個不停了。

公會【大楓樹】建立後的小插曲

◆防禦特化與採野菇◆

某天，梅普露又登入遊戲。

即使沒有特別想做什麼，她也會找時間登入，到【公會基地】露個臉。

「今天做啥好咧～」

梅普露推開基地的門，邊走進去邊想時，有人對她說話。

「梅普露，今天也來啦？」

伊茲從基地深處走來，像是剛完成些什麼作業的樣子。

「伊茲姊！對呀……啊，可是我還沒想到要做什麼。」

「那可以幫我一個小忙嗎？」

「沒問題呀！那個，要做什麼……？」

伊茲跟著將第二階地區森林裡的野菇、藥草和果實等道具名稱告訴她，請她去採回來。

「呃，會需要特定技能嗎……」

「不用。我需要那些東西來解鎖食譜，可是那裡有怪物會放麻痺，我一個人去會很危險。當然，我會好好謝謝妳的啦。」

「……！那等妳做好以後我要吃吃看！」

「小意思啦。」

「就這些吧……好，我會努力找過來的！」

伊茲接著將所需道具的外觀傳給梅普露，方便她辨識。

梅普露查看完圖片之後立刻跑出基地。

「路上小心喔……應該不用吧，她是梅普露呢。」

伊茲喃喃這麼說，揮揮手送她出門。

一離開基地，梅普露就直線往伊茲告訴她的野外地點走。來到城門口時，見到一個熟人正從野外回來。

「啊，莎莉！」

「嗯？梅普露，今天要練等級啊？」

「那個，我今天是要幫伊茲姊採東西啦！妳要來嗎？有好吃的可以吃喔。」

梅普露笑呵呵地說。

「嗯～那走吧。我今天也沒什麼力氣練等級。」

「呵呵呵～偶爾也要放鬆一點喔～」

「嗯，對呀。所以要去哪裡？」

梅普露打開地圖，指出伊茲說的地點，同時展示所需道具的圖片。

「呃，這裡！不會很遠。」

「知道了，慢慢走過去也不會很久吧。」

「那我們就邊聊邊走吧！」

「嗯，好哇。」

兩人猜想著下一階層會是怎樣的地方，哪裡像是有事件之類的，輕鬆寫意地抵達目的地。

「所以說，只要找圖上那些就好？」

「嗯！她說這邊沒有長得很像的，應該很好認才對！」

「我們分頭找吧，這裡怪物不強。」

「那晚一點回這裡集合吧！」

「ＯＫ。」

梅普露將森林入口設為集合點之後就往森林裡走去。

「我也要動作快。」

莎莉也同樣進入森林。

一段時間後，莎莉已經找到足夠的野菇和藥草，稍喘一口氣。

「差不多該回去集合了。」

莎莉檢查一次獲得的道具，回到森林入口。

但沒有看到梅普露。再等一會兒，也遲遲不見蹤影。

「去看一下狀況好了……真的太慢了。不過她還在地圖上耶……」

莎莉看著地圖重返森林，走一小段路之後，聽見樹叢另一邊傳來梅普露的聲音。

「嘿……咻，梅普露？嗯嗯？」

撥開樹叢，居然見到梅普露一手拿著顯然有毒的紅斑紫菇，嘴裡在啃近兩公尺高的菇型怪物。

「咦咦……？」

「唔咕……嗯！啊，莎莉！等一下喔！」

梅普露無視於怪物對她灑的黃色麻痺粉末，撿起放在地上的黑色塔盾甩過去，用【暴食】解決怪物。

「對不起……找到其他菇菇就忘記時間了。」

「……等等不是有好料的嗎，不需要吃這種東西吧？」

「其實很好吃喔，辣辣的。」

梅普露還把手上的紫菇塞進嘴裡嚼。

「那是毒菇吧！……我不用了。」

「大概吧……可是在現實就不能吃了嘛！啊，這味道很好玩喔。」

「很高興妳吃得這麼開心……是啦，外面不能吃毒菇，也沒有會動的大菇菇。」

「而且在遊戲裡吃再多也不會撐，還不會胖喔！」

聊到這裡，莎莉告訴她材料已經收集完了。

「所以妳不要再去找那些怪香菇了，去吃真正好吃的東西吧？這樣我也能吃。」

「好吧，我也有採到很多喔！」

「不會動吧？沒有毒吧？」

梅普露理所當然地大幅點頭。

「妳那樣算是……偷吃嗎？」

「莎莉，妳也來拿個【毒免疫】怎麼樣？」

「就算拿得到，我大概也不會那樣用。」

兩人就這麼一路閒聊，回到伊茲所等待的【公會基地】。

◆防禦特化與裝備◆

第三次活動途中，梅普露和莎莉坐在城鎮廣場的長椅上聊現在的裝備。

她們現在穿的是伊茲用羊毛為主原料製作的裝備，圓滾滾毛茸茸，但不會影響活動，用膝蓋都能看出梅普露穿得很開心。

「很好看喔，梅普露。」

「是嗎？謝謝！嗯～好想一直穿這個喔～」

梅普露摸著頭上毛茸茸的帽子說。

「這套服裝沒什麼防禦力，活動結束以後想到才會拿出來穿一下吧。畢竟這只是活動裝備。」

莎莉一樣是穿毛茸茸的白色裝備，和梅普露不同的是，她照平時裝備那樣加了條圍巾。

「妳穿也很好看喔！」

「是嗎？我很少穿這種造型裝備，感覺還滿新鮮的。」

梅普露聞言想了想。

「其實我們都沒有什麼裝備呢。絕大多數的情況下穿那套黑色的就行了，而且又很強……」

「妳那套的能力實在是太誇張了，也是沒辦法的吧……不過有機會的話多試試其他裝備也不錯，很好玩喔。」

「說得也是！那就試試看吧～」

梅普露回想城裡店鋪有賣的防具。

她比較想要的是遊戲才會有的裝備。

現在的裝備就正好符合這個條件。

「而且反過來說，也沒有必要一直堅持穿能力強的裝備。例如平時可以穿好看的，打比較強的魔王再換強裝就好了。」

「真的……那麼，妳知道哪裡有好裝備嗎？像這種很可愛的裝備！」

梅普露秀著身上這件羊毛裝說。

莎莉從至今見過的資訊裡回想哪裡有這樣的裝備，然而想不到正好適合她的。

「嗯……其實我覺得跟伊茲姊訂製最快耶……但還是自己找比較好玩。」

「對呀對呀對呀！」

梅普露頻頻點頭，眼睛閃閃發亮。

這反應讓莎莉莞爾一笑，離開長椅。

「那我們就去看看公布欄吧，說不定哪個地城會有我們想找的裝備喔。」

「好哇！啊，可是活動還沒結束……」

「不用在意這種事啦，選最開心的做就好。」

梅普露也贊成莎莉的意見，離開長椅。

「那就走吧。呃……在哪裡？」

幾乎沒在查資訊的梅普露，連公布欄的位置都忘了。

「偶爾要去看一下啦，不然會錯過想要的裝備喔。」

「唔……也、也對！要記得去看！」

梅普露將這件事改訂為重點事項，可是眼前實在有太多開心的事。

後來那些事逐漸奪去她的注意力，一不小心就把定期看公布欄的事給忘了。

◆防禦特化與兩人◆

克羅姆和霞一起走在第三階地區的城鎮裡。

透過梅普露牽線，他們組隊探索的頻率日益增加。第三階城鎮到處有賣飛行器，兩

人當然也都買了，只是想漫無目的地在城鎮裡隨性探索，走路還是比飛行方便。

「梅普露那樣的技能真的沒有那麼好遇到呢……」

「說當然也是當然的啦。」

兩人回想著他們所知的技能和曾經引發的現象，只能苦笑。

「隊上有她是很可靠啦……不過同樣玩坦的我就沒什麼事好做了。」

「我來選的話，會覺得你比較好喔。」

克羅姆有點錯愕地往霞看，只見霞賊笑著說出原因。

「因為對心臟比較好嘛。」

「……也對啦，我才不會用頭把劍彈回去。應該說辦不到。」

「沒錯。那種事誰都學不來吧……」

他們邊聊邊查看幾個任務，最後決定到野外練等。

目前第三階地區是這個遊戲的最前線，遊蕩怪相當凶惡。但克羅姆和霞都是頂尖玩家，打起來不成問題。

「用飛的吧，去野外這樣比較快。」

「好，飛吧。」

兩人各自取出背包型飛行器，升上天空。

「沒想到除了騎糖漿以外，還有其他方法能飛。」

「……那個不算正常飛吧。」

「是沒錯啦……」

所謂說曹操，曹操到，兩人剛出野外沒多久，就在遠處發現那不可能看錯的形影。

一隻在天上慢慢飄的大烏龜。

那麼獨特的烏龜，就只有梅普露的魔寵糖漿一個了。

「……是梅普露吧。」

「我也這麼想，不然還有誰呢？」

兩人往飛天烏龜前進，想和梅普露打聲招呼。

飛行器速度很快，距離轉眼縮短，看得清龜殼上的人影了。

「……？啊！喂～！」

果不其然，梅普露就在上面。兩人續往龜殼上奮力揮手的她飛去。

「真巧耶。要不要跟我們去練一下等呀？」

「既然妳往那個方向飛，也是想去練等級吧？」

克羅姆他們知道那裡有經驗值好賺的地方，所以這麼說。

「咦？我只是在散步啦……這樣講對嗎？總之就是散步啦～是吧，糖漿～」

梅普露摸摸龜殼說。這樣的畫面讓他們倆覺得梅普露就是梅普露。

「可是！需要的話也是可以幫忙喔！」

梅普露對克羅姆挺出盾牌表示幹勁。

「喔，讚啦！太好了！」

就這樣，三人組隊去打怪。

不過梅普露有了糖漿就沒買飛行器，兩人非得配合她的速度不可。只能忍著點了。

「對不起喔，我好慢！」

「沒關係啦。」

「是啊，我無所謂。」

「『這樣才像妳嘛。』」

「是、是喔？真的嗎？」

三人有說有笑地飛過天空。

◆防禦特化與製作道具◆

梅普露等人在第三階地區的【公會基地】時，裡頭傳來細小的打鐵聲。

伊茲受梅普露之邀加入她的公會後，便將據點移到基地裡的工坊來作業。

工坊裡擺放著許多打鐵工具和剛做好的武器防具零件。伊茲完成必須趁現在做好的工作後，收拾工具離開工坊。

「呼……人家訂的武器都修好了，休息一下吧。」

伊茲回到基地裡自己的房間，沖杯咖啡坐下來休息。

她房裡的家具幾乎都是她親手打造，角落還種了藥草和做藥水用的植物。

「不做不行的事都做完了……再來要做什麼呢？」

受邀進公會前就有很多玩家請伊茲修理或製造武器防具，克羅姆就是其一。

現在又會幫忙修理梅普露他們的裝備，需要做的事變多了。

不過伊茲反而覺得高興。

「大家現在的裝備都很夠用了……唉，還會有人來找我做新裝備嗎？」

上了第三階地區後，梅普露、莎莉、奏，以及新加入公會的結衣和麻衣這對雙胞胎都找她做裝備，短時間內做了好幾件。

做了這麼多種，某些人或許會覺得滿足而暫時休息，可是那反而點燃伊茲的工匠魂，想做更多東西。

「好！休息一下以後再找一個來做！只要能力撐高一點，以後不怕沒人用！」

伊茲覺得自己想到好主意而拍個手，嗯嗯點頭。預定行程結束後再找點東西來做，是最近伊茲的標準程序。

於是她大口喝完咖啡收拾乾淨，踏著輕快腳步返回工坊。

接著打開房裡的材料儲藏箱，然後僵住了。

「…………」

箱裡的上等材料已經所剩無幾。修理道具是沒問題，但一個也不能浪費。

「唔唔……嗚嗚……」

不管重看幾次，箱裡的數量都沒變。

伊茲昨天做得笑呵呵的豪華巨劍還擺在工坊裡，旁邊豎著前天做的槍。那都是她做開心的東西，公會裡沒人能用。

「是啦……我也知道啦……為了以後的活動著想，現在應該要開始蒐集材料，不然就沒得用了。」

她十分遺憾地走出工坊，踏著沉重腳步前往城鎮裡的公布欄，想聘請公會成員以外的人蒐集材料。

「我看我也需要自己到野外找找材料呢……」

伊茲回想她那少得可憐的材料，喃喃自語。

第四階地區上線一段時間後的小插曲

◆防禦特化與奇想◆

今天梅普露也照常在第四階城鎮亂逛，希望能邂逅新技能。用人力車彌補腳程慢的問題，前往目的地。

「嗯～那邊沒收穫……到其他地方去吧。」

根據她蒐集的資訊，目前新發現的技能不是她不需要，就是無法滿足取得條件。

「有沒有能力值低也能拿的技能啊……唔唔，再去野外看看好了。」

第四階城鎮比過去的城鎮都大，逛了好幾天都逛不完。當然，總不能因此就丟著野外不去探索。

城裡不能使用【暴虐】，梅普露只能用交通工具到處跑。

車費累積下來也是非常可觀，不容忽視。

「野外好逛多了！」

梅普露今天決定出城，將人力車的迄站設為城門口。

「ＧＯＧＯ～！嗯嗯嗯，要錢的真的快！」

雖沒有快到哪裡去，但已經比她自己走路快上太多，一下就抵達城門口。

「好～要從哪裡開始逛呢！嗯嗯？那是……」

蓄勢待發的梅普露見到眼熟的人物而走過去。

「喔，梅普露啊？上次謝啦。怎麼樣，有變強嗎？」

梅普露發現的是【炎帝之國】的劍士辛恩，他也發現梅普露而來打聲招呼。

自從聖誕節那時和【炎帝之國】組隊以來，兩公會的人就經常一起探索。

「這個嘛，我一直找不到好技能耶。真的很不順。」

「呃……太順利的話我們也頭痛啦……真的打不贏就慘了。」

「呵呵呵，我還是會努力變強的！」

「我們也一直在成長，等待贏回來的機會喔。不會那麼簡單就輸給你們的！」

「我也不會輸的！」

兩人聊了一會兒後，辛恩發動【崩劍】，將劍分裂成懸浮於空中的小劍，開始打怪練等。梅普露也順其自然地和辛恩一起殺怪。

「你那個技能好帥喔……」

「我也很喜歡喔。沒錯，又帥又強！」

辛恩一邊說，一邊操縱飛劍擊殺怪物。

看著這個畫面，梅普露忽然有個問題而說出了口。

「你那些會飛的劍上可以站人嗎？」

「啥？呃，那個，不能……我也不曉得。」

辛恩從來沒試過，不敢把話說死。

「如果能站在子彈上就能飛得很快了呢～！唔唔……好想這樣飛喔……」

「哈哈，還不曉得能不能站咧。」

這麼說的同時，辛恩在意想不到之處獲得了可能帶來新技能的發想。

後記

一時興起而捧起第九集的讀者，幸會。一路看到這裡的讀者，請接受我無比的感謝。大家好，我是夕蜜柑。

第八集至今已有一段時間，ＴＶ動畫也開始播出了。大家喜歡嗎？假如能看得開心，就是我最大的喜悅。雖然我沒有參與到什麼重點，可是我能很有自信地說，ＴＶ動畫做得很不錯。梅普露和莎莉的魅力以及她們之間的氣氛，都有很仔細地表現出來，真的是非常感謝。

假如有人看了ＴＶ動畫以後對原作小說感興趣，也是一件萬幸的事。希望原作、漫畫版、ＴＶ動畫版之間的不同，也能讓大家得到更多的樂趣。ＴＶ動畫播出時，我第一次見到賦予了聲音的角色動起來的樣子，有種和漫畫截然不同的感動。一開始只有文字，出書後加上插圖，在漫畫版一些小動作都有了畫面，現在則成為活生生的動畫。整個歷程實在是非常不可思議，讓我覺得自己很幸運。在那麼多有好多好多人支持的作品中選中了我，這必定會是我一生中最難忘的回憶。

另外，漫畫精選集也在一月份發售了。在本書中可以看到梅普露他們在其他作者眼中是什麼樣子，怎麼去描繪出來。看到原本只存在於自己心中的作品用那麼多風格呈現出來，是個十分有趣又難得的經驗。參與作者對角色們的詮釋幾乎一樣，或哪裡有小小不同很值得玩味，可以感受到漫畫精選集的優點呢。希望各位也能買回去看看。

那麼，第九集要在這裡結束了。

TV動畫版和漫畫版，都請各位多多關照，當然原作這邊也是！

規模愈來愈龐大了呢。

我還是會繼續盡我所能的。

懇請各位繼續支持《防點滿》。

期盼我們在未來的第十集再會！

夕蜜柑

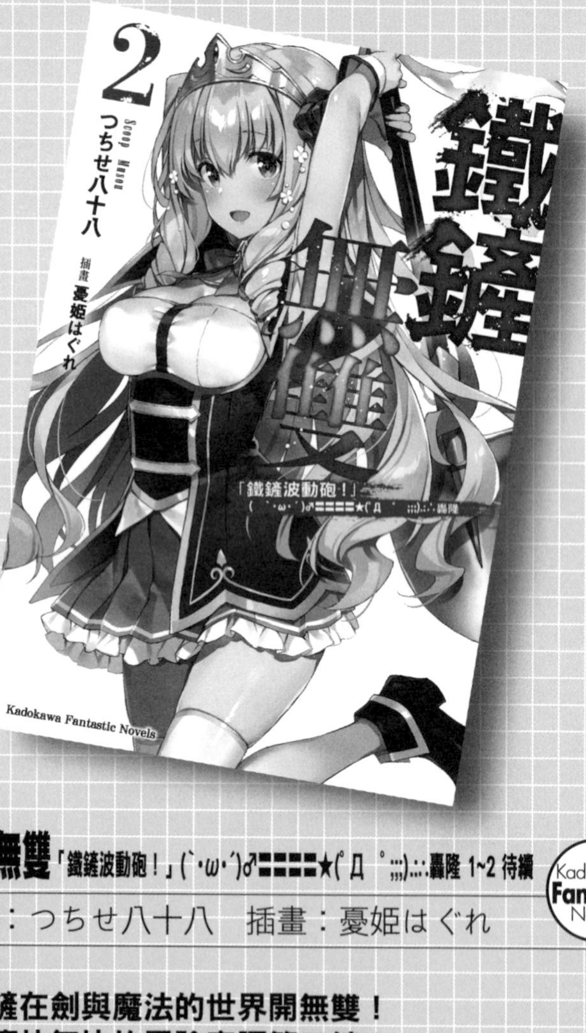

鐵鏟無雙「鐵鏟波動砲！」(`･ω･´)♂〓〓〓〓〓★(ﾟДﾟ ;;;).:∴.轟隆 1~2 待續

作者：つちせ八十八　插畫：憂姫はぐれ

以鐵鏟在劍與魔法的世界開無雙！
令人痛快無比的冒險奇譚第二鏟！

亞蘭等人造訪冰之國，用礦工禁忌教典喚醒古代賢者莉茲的記憶，並用礦工隕石招來一擊粉碎敵人，輕鬆取得寶珠。莉緹西亞公主擔心一旦收集完寶珠，旅程將結束，會與礦工大人分別，於是下定決心征服世界，真是究極的女主角！超英雄幻想奇譚第二集！

各 **NT$200/HK$67**

國家圖書館出版品預行編目資料

怕痛的我,把防禦力點滿就對了/夕蜜柑作；吳松諺譯. -- 初版. -- 臺北市：臺灣角川股份有限公司, 2021.03-

冊； 公分. -- (Kadokawa fantastic novels)

譯自：痛いのは嫌なので防御力に極振りしたいと思います。

ISBN 978-986-524-281-7(第8冊：平裝). --
ISBN 978-986-524-282-4(第9冊：平裝)

861.57　　110000942

Kadokawa Fantastic Novels

怕痛的我，把防禦力點滿就對了 9

（原著名：痛いのは嫌なので防御力に極振りしたいと思います。9）

2021年3月22日 初版第1刷發行
2022年12月2日 初版第3刷發行

作者：夕蜜柑
插畫：狐印
譯者：吳松諺

發行人：岩崎剛人
總編輯：蔡佩芬
編輯：黎夢萍
美術設計：黃永漢
印務：李明修（主任）、張加恩（主任）、張凱棋

發行所：台灣角川股份有限公司
地址：104台北市中山區松江路223號3樓
電話：（02）2515-3000
傳真：（02）2515-0033
網址：www.kadokawa.com.tw
劃撥帳戶：台灣角川股份有限公司
劃撥帳號：19487412
法律顧問：有澤法律事務所
製版：巨茂科技印刷有限公司
ISBN：978-986-524-282-4
